Tucholsky Wagner Zola Scott Sydow Freud Schlegel
Turgenev Wallace Fonatne
Twain Walther von der Vogelweide Fouqué Friedrich II. von Preußen
Weber Freiligrath
Fechner Weiße Rose von Fallersleben Kant Ernst Frey
Fichte Richthofen Frommel
Engels Fielding Hölderlin
Fehrs Faber Flaubert Eichendorff Tacitus Dumas
Eliasberg Ebner Eschenbach
Feuerbach Maximilian I. von Habsburg Fock Eliot Zweig
Ewald Vergil
Goethe Elisabeth von Österreich London
Mendelssohn Balzac Shakespeare Dostojewski Ganghofer
Trackl Lichtenberg Rathenau Doyle Gjellerup
Mommsen Stevenson Hambruch
Thoma Tolstoi Lenz Hanrieder Droste-Hülshoff
Dach von Arnim Hägele
Verne Hauff Humboldt
Karrillon Reuter Rousseau Hagen Hauptmann Gautier
Garschin
Damaschke Defoe Hebbel Baudelaire
Descartes
Hegel Kussmaul Herder
Wolfram von Eschenbach Dickens Schopenhauer
Darwin Rilke George
Bronner Melville Grimm Jerome
Campe Horváth Aristoteles Bebel Proust
Bismarck Vigny Barlach Voltaire Federer Herodot
Gengenbach Heine
Storm Casanova Tersteegen Grillparzer Georgy
Chamberlain Lessing Langbein Gilm
Brentano Gryphius
Strachwitz Claudius Schiller Lafontaine
Katharina II. von Rußland Schilling Kralik Iffland Sokrates
Bellamy
Gerstäcker Raabe Gibbon Tschechow
Löns Hesse Hoffmann Gogol Wilde Vulpius
Luther Heym Hofmannsthal Gleim
Roth Klee Hölty Morgenstern
Heyse Klopstock Kleist Goedicke
Luxemburg Puschkin Homer
La Roche Horaz Mörike Musil
Machiavelli
Kierkegaard Kraft Kraus
Navarra Aurel Musset
Nestroy Marie de France Lamprecht Kind Kirchhoff Hugo Moltke
Nietzsche Nansen Laotse Ipsen Liebknecht
Marx Ringelnatz
von Ossietzky Lassalle Gorki Klett Leibniz
May vom Stein Lawrence Irving
Petalozzi
Platon Pückler Knigge
Sachs Poe Michelangelo Kafka
Liebermann Kock
de Sade Praetorius Mistral Zetkin Korolenko

Der Verlag tredition aus Hamburg veröffentlicht in der Reihe **TREDITION CLASSICS** Werke aus mehr als zwei Jahrtausenden. Diese waren zu einem Großteil vergriffen oder nur noch antiquarisch erhältlich.

Symbolfigur für **TREDITION CLASSICS** ist Johannes Gutenberg (1400 — 1468), der Erfinder des Buchdrucks mit Metalllettern und der Druckerpresse.

Mit der Buchreihe **TREDITION CLASSICS** verfolgt tredition das Ziel, tausende Klassiker der Weltliteratur verschiedener Sprachen wieder als gedruckte Bücher aufzulegen – und das weltweit!

Die Buchreihe dient zur Bewahrung der Literatur und Förderung der Kultur. Sie trägt so dazu bei, dass viele tausend Werke nicht in Vergessenheit geraten.

Das Haus am Haff

Hugo Marti

Impressum

Autor: Hugo Marti
Umschlagkonzept: toepferschumann, Berlin

Verlag: tredition GmbH, Hamburg
ISBN: 978-3-8424-0930-9
Printed in Germany

Text der Originalausgabe

Hugo Marti

Das Haus am Haff

Basel * Im Rhein-Verlag * Leipzig
1 · 9 · 2 · 2

I

Lautlos, voll reifender Schwüle lag die Mittagshitze des Hochsommertages über den weiten Feldern, aus deren gelben Wellen sich die hellen Mauern und das rote Dach des kleinen Bahnhofs erhoben. Müde tickte es aus der halbgeöffneten Tür in die Stille heraus, zögerte und verstummte. Ueber dem Damme zitterte die Luft. Der Stationsgehilfe trat aus der Türe, knöpfte seinen Rock zu und schaute den Geleisen entlang, die flimmernd schnurgerade durch die Felder liefen und in weiter Ferne mit einem blauen Streifen, dem Walde, zusammenstießen. Von dort her rollte ein Zug, ratterte bremsend vor den Bahnhof, kreischte lange und stand. Der Führer lehnte sich heraus und nickte dem Stationsgehilfen zu. Dieser hob den Arm und wollte winken, da wurde eine Wagentüre aufgerissen und ein Koffer auf die oberste Treppenstufe geschoben. Erstaunt blickte der Gehilfe hinüber, riß dann seine Hand herunter und trat mit langen Schritten an den Wagen. »Guten Morgen, Herr von Dohm,« sagte er und hob den Koffer herab auf den staubigen Kies.

Klaus sprang nach. Er schritt neben dem Gehilfen über den Bahnsteig. Der Zug rollte langsam davon. Es wurde wieder still.

»Sie kommen auch einmal in die Einöde heraus?«, begann der Stationsgehilfe verwundert. »Sie waren schon lange nicht mehr hier?«

»Zwei Jahre,« erwiderte Klaus von Dohm. »Als ich die Schule verließ, war ich zum letztenmal hier draußen.«

»Und seither waren Sie immer in Berlin?«

»Ja, dort und anderswo, nur nie hier.«

»Das begreif ich wohl,« lachte der Gehilfe. »In dieser Stille kann einen der Teufel holen.« Er machte ein paar Schritte auf dem Bahnsteig hin und her. Klaus sah ihm nach und zog ein wenig die Mundwinkel herab. Dann drehte er sich um und schritt nach dem freien Platz neben dem Hause. Der Stationsgehilfe kam ihm langsam nach. Beide blickten in die Straße hinaus, über deren dicken Staub die Bäume am Rande plumpen Schatten warfen.

»Warum kommt ihr Wagen wohl nicht?« fragte der Gehilfe nach einer Weile und trat in den Schatten des Bahnsteiges zurück.

»Ich habe erst heute Morgen telegraphiert, daß ich um Mittag hier sein würde.«

Eine Staubwolke erhob sich fern auf der Straße zwischen den Bäumen und legte sich über die Felder zur Seite. In langsamem Trab kam der Wagen herangefahren. Klaus winkte mit der Hand und schrie:

»Laß doch die Pferde mal laufen, – rascher!«

Nun bog der Wagen aus der Landstraße auf den Platz, umfuhr ihn langsam und hielt vor Klaus.

»Ei Druske, du fährst wieder? Aber so langsam. Hast du Angst um deine alten Knochen?«

Der Kutscher hob seine Mütze und grüßte: »Guten Tag, junger Herr.« Und als hörte er jetzt erst, was Klaus ihm lachend gesagt hatte, fügte er kopfschüttelnd bei: »Angst –? Jawohl, der Druske und Angst! Aber das weiß jedermann: Seit ich da oben sitze, und das ist nicht seit gestern und nicht seit letztem Herbst, geschah unsern Pferden nie etwas, nie, jawohl, und ich hab doch manche Fahrt mitgemacht, im Sommer durch die Hitze und übers Haffeis im Winter.«

»Nun fahr mal zu!«, drängte Klaus und nahm ihm gleichzeitig die Zügel aus den Händen. Die Pferde stampften und klapperten auf dem Pflaster des Platzes, zogen an und trabten die Straße hinaus.

Weit taten sich die Felder auf, von ferne bog sich der Wald allmählich an die Straße heran. Dann jäh, wie ein Vorhang weggerissen, wich er wieder zurück. Da lag Kampken, das Herrenhaus halb verborgen in hohen, dunkeln Bäumen, zu beiden Seiten des Birkenweges die niedrigen Bauernhütten, daneben und dahinter graublau, schimmernd und mit dem Himmel verfließend das Haff.

Klaus übergab dem alten Druske die Zügel. Sie fuhren langsamer, in tiefen, sandigen Geleisen. Da und dort tat sich eine Hüttentüre auf, ein Mann trat auf die Schwelle und grüßte herüber. Mädchen und junge Frauen, farbige Tücher über dem Kopf, kamen vom Hofe her; sie gingen leicht in die Kniee, als der Wagen an ihnen vorüberfuhr, blieben stehen und drehten sich um. Eine sagte: »Das ist der junge Herr, – wie groß er geworden ist.« Dann stapften sie den Hütten zu.

Vor der Stellmacherei ließ Klaus halten und rief laut: »He, Meister Peslack!«

Die niedere Tür wurde aufgestoßen, und der Stellmacher trat in das Gestrüpp seines Gärtchens heraus. »Ah, der junge Herr,« grüßte er lachend und legte seine Arme auf den wackeligen Zaun.

»Wie stehts, Meister, ist mein Boot in Ordnung?« fragte ihn Klaus.

»Das Boot? Jeden Frühling hab ichs ans Wasser hinabgezogen und ausgebessert, ich wußte ja nicht, ob der junge Herr wieder mal käme, und weil das doch immer des jungen Herrn einzige Beschäftigung war, all die Tage lang auf dem Haff draußen zu liegen, da dachte ich mir, ich wollt es mal lieber gut in Ordnung halten. Aber der junge Herr kam so lange nicht, und im Herbst hab ichs wieder heraufgezogen, kein Mensch hats angerührt. Jetzt liegt es drunten im Sand.«

»Gut, Meister; ich denke, es wird nun wieder oft genug ins Wasser kommen. Fahr zu, Druske.«

Der Stellmacher lachte dem Wagen nach und trat ins Haus zurück. Tief mußte er auf der Schwelle Kopf und Nacken beugen. Hinter sich warf er die Türe ins Schloß. Es klang weithin durch das mittagstille Dorf.

Der Wagen fuhr durch den knirschenden Sand unter den alten Bäumen des Parkes, vorbei am Weiher, der voll großblättriger Wasserpflanzen still im Dunkel lag und in den breite Aeste ihre Zweigspitzen tauchten. Ehe Druske aus dem Schatten auf den sonnenbeschienenen Platz vor dem Hause lenkte, sprang Klaus vom Wagen, eilte zwischen den Baumstämmen hindurch und in einem Sprung die drei Stufen hinan, die auf der andern Seite des langen, niederen Gebäudes in die Küche führten.

Die beiden Mädchen, die laut mit dem Geschirr rasselten, während sie ein Lied sangen, erschraken, hielten jäh inne und drehten sich nach ihm um, als sein Schatten durch die offene Türe fiel.

»Singt weiter, Marjells, singt weiter,« drängte er. »Wollt ihr mir den Spaß verderben?«

Das ältere Mädchen knixte und bot ihm den Gruß, das jüngere, das noch kein halbes Jahr in der Wirtschaft war, starrte ihn reglos an.

»Nun, so singt doch!«, wiederholte er. »Ich tanze am Erntefest nicht mit dir, Lisbeth, wenn die Tante euretwegen mich hat kommen hören. Singt, singt weiter!«

Die beiden Marjells lachten, Lisbeth versuchte wieder anzustimmen, aber das Lied blieb stecken.

Klaus eilte weiter, von Gemach zu Gemach. Die Türen von einem Zimmer zum andern standen weit offen, und Klaus erblickte im letzten von ferne Frau Annemarie, die sich leicht aufs Gesimse stützte und zum Fenster hinaus auf den sonnenhellen Kiesplatz schaute. Er sprang lautlos von einem Teppich zum andern, huschte an den Fenstern vorüber, durch die das Haff die Sonnenstrahlen hereinspiegelte, und trat behutsam auf die letzte Schwelle, die unter seinem Fuß leise eine Tonleiter ächzte. Da wandte sich auch schon die Frau am Fenster um, sagte lächelnd: »Da ist er ja, mein Junge,« und trat langsam auf ihn zu.

Klaus stampfte auf die Schwelle: »Pfui, wie häßlich, daß sie mich verraten hat. Ich wäre dir um den Hals gefallen, Tante Annemarie!«, und er hob die Arme. Er stutzte aber, ließ sie wieder sinken, beugte seinen Kopf tief über die Hand der Frau und küßte sie.

»Wie groß du geworden bist, Klaus,« begann Frau Annemarie und trat zurück. »Man muß ordentlich hinaufblicken, wenn man dir noch durch die Augen ins Herz sehen will.«

»Und du, – wie jung du eigentlich noch bist,« brach er staunend aus. »Ich hatte dich doch viel älter in meiner Erinnerung behalten.« Er stockte plötzlich. Dann fragte er: »Geht es dir wieder gut?«

Sie lächelte: »Wenn ich so jung aussehe, kann mir wohl nicht viel fehlen.«

Er nickte und schien nicht auf ihre Worte zu hören. Sie schritt langsam, auf ein schwarzes Stöckchen gestützt, an ihm vorüber ins Speisezimmer. »Komm,« sagte sie.

Da wandte er sich und ging neben ihr her, durch die großen Räume mit den gewölbten Decken und den kleinen Fenstern in den dicken Mauern. Plötzlich legte er seine Hand leise auf ihren Arm; sie blieben beide stehen.

»Lausche,« flüsterte er. Gleichmäßig klatschten die Wellen des Haffs an die Hausmauer unter den Fenstern, rauschten zurück und rollten von neuem heran, stetig und eintönig.

»Das ists, warum ich endlich doch wieder hierher kommen mußte,« fuhr Klaus mit leiser Stimme fort. »Das hörte ich die langen Jahre hindurch immer, und dieses stille Lied machte meine Tage in der lauten Stadt reich und traurig.«

Frau Annemarie sagte nur: »Ich möchte es auch nicht mehr missen«, und schritt weiter. Klaus folgte ihr lauschend.

Die Sonne sank langsam und tauchte ins Meer der glühenden Kornfelder hinab. Es wurde Abend, aber noch blieb es still auf dem Hofe, noch kehrten die Instleute, die Knechte, Polacken und Marjells nicht von den Feldern heim. Und auch im Herrenhause regte sich nichts; weit offen standen die Fenster nach dem Haffe hin, und ohne Ruhe schlugen die Wellen an die Mauer, etwas stärker und rascher zu dieser Stunde als zur Mittagszeit, aber kein Laut war in den Gemächern zu hören, kein Schritt knarrte auf den Holzdielen.

Klaus lag in seiner Giebelstube unter dem Fenster. Er sah durch das höchste Gezweig der Bäume hinaus aufs Haff, blickte den rotbraunen, dunkelgrünen und weißen Segeln nach, die sich langsam nah und fern vom Strande lösten und in die graublaue Dämmerung hinausglitten, und folgte ihren Bewegungen, wie sie sich näherten, nebeneinander her liefen und dann wieder sich trennten, sich verloren in den dunstigen Schatten des hereinbrechenden Sommerabends.

Es war so still, – er meinte, das Knattern der Segel am Mast hören zu müssen. Ein leiser Wind strich vom Haff her, die Blätter schwankten auf und nieder, ohne zu rascheln.

Schritte im Kies unter dem Giebelfenster, – Klaus sah durch die belaubten Zweige, die an die Hausmauer streiften, wie Frau Annemarie die wenigen Stufen hinabschritt und in die dunkle Allee trat. Er zauderte eine kurze Weile, dann rief er:»Ich komme auch, – wenn du gestattest.« Bei den letzten Worten war er schon auf dem halbdunkeln Flur, sprang in großen Sätzen die Wendeltreppe hinunter und trat aus dem Haus. Frau Annemarie hatte sich umgewandt und erwartete ihn.»Was tatest du nur den ganzen Nachmittag?«, fragte sie im Weiterschreiten und stützte sich leicht auf seinen Arm.

»Nichts, nichts!«, lachte er.»Ich habe ja so viel Zeit vor mir; es eilt gar nicht, etwas zu beginnen. Alles hier draußen scheint behutsamer, leiser und langsamer zu gehen. Hörst du das Lied? Eine Frau im Dorfe singt. Wie gelassen, wie ruhig –.«

Sie lauschten den schweren Tönen, die von ferne durch den Garten zogen.»Manchmal scheint es einem sogar,« sprach Frau Annemarie,»als hätte uns die Zeit überhaupt vergessen. Sie kommt so zaudernd durch die dunkeln Wälder heraus zu uns an den Strand. Und der Tod –, wie lange steht er still, bis er in diese einsamen Häuser tritt.« Klaus neigte den Kopf hin und her:»Aber draußen, auf dem Haff, da springt er einem doch manchmal gar rasch an den Nacken.« Er blickte zwischen den Stämmen hindurch aufs Wasser hinaus, wo die letzten Segel kaum noch zu erkennen waren.

Unter den tief herabhängenden Aesten der alten Bäume war es beinahe schon ganz dunkel. Wie ein großes Tor in die verglühende Tageshelle hinaus wölbten sich die Zweige am Ende der Allee. Im Halbkreis schloß dort ein weißes Steinmäuerchen den Garten ab. Dahinter lag das Haff.

»Wo ist Onkel Christian eigentlich?«, fragte Klaus plötzlich.»Da bin ich schon einen halben Tag hier draußen und habe den Hausherrn noch nicht gesehen.«

»Er ist in Königsberg und kommt wohl morgen wieder zurück. Er weiß noch nicht, daß du hier bist. Du hast uns so unerwartet überfallen. Das war lieb von dir.«

»Ich habe ja selber auch erst gestern den Entschluß gefaßt, gestern Mittag, als ich durch den Tiergarten nach Hause ging. Gestern war ich also noch in Berlin? – Wie weit zurück liegt mir das alles heute

Abend schon, nach ein paar Stunden, in denen ich bloß der Stille zugehört habe.«

Sie standen unter den letzten Bäumen. Frau Annemarie setzte sich auf das Mäuerchen und sah weit hinaus über die Wellen. Klaus streifte mit seinen Blicken ihr Antlitz. An ihrem Munde fiel ihm etwas auf, er wußte nicht, was es war. Sinnend betrachtete er sie. Annemarie wandte ihm plötzlich die Augen zu. Er zuckte, suchte nach einem Satz und sagte, ohne Klarheit über das, was er dachte: »Daß du meine Tante bist, ist so seltsam.« Die Worte ärgerten ihn, noch während er sie aussprach. Und er wollte von ihrer Krankheit zu reden beginnen. Aber es widerstrebte ihm.

Frau Annemarie wandte ihren Kopf wieder weg und sagte nebenhin: »Nenn mich doch bei meinem Namen, wenn du lieber magst. So viel älter als du bin ich ja auch nicht.«

Klaus starrte sie an, dann sprach er rasch, halblaut, mehr zu sich selber: »Es ist wahr, – du bist ja Doris Freundin gewesen.«

Frau Annemarie stieß mit ihrer rechten Hand ein paar Steinchen von der Mauer in die Wellen hinab und antwortete nicht. Klaus zog die Brauen zusammen und biß mit den Zähnen auf die Unterlippe, während seine Augen den Fingern Frau Annemaries folgten. Dann sprach er hastig, wie gegen seinen Willen gezwungen, und doch schien es ihm unmöglich, seine Rede irgendwo abzubrechen:

»Ja, Doris läßt dich grüßen; fast hätte ichs vergessen. Es geht ihr gut; sie arbeitet viel, man sah sie selten. Ich war gestern noch rasch bei ihr, um ihr zu sagen, ich führe heraus. Sie will im Herbst auch nach Danzig zurückkehren. Ja, sie ließ dich grüßen. Das Einzige, siehst du, was ich dir mitbrachte, habe ich beinahe vergessen abzugeben.«

Frau Annemarie lächelte und kratzte wieder ein Steinchen aus der Mauerritze. Sie erwiderte: »Es freut mich gleichwohl noch!« Dann erhob sie sich und zog die Schultern leicht zusammen. »Es wird kühl,« sagte sie und trat in das Dunkel unter die Bäume.

Klaus lachte: »Ich habe Lust, noch zu baden. Wann ist das Abendbrot?«

»In einer halben Stunde,« antwortete sie und schritt die Allee zurück. Klaus blickte ihr nach, wie sie langsam durch das Dunkel ging und wie ihre weiße Gestalt immer tiefer in den Schatten verschwand. Er dachte unaufhörlich und sagte leise immerfort den gleichen Satz: »Sie ist doch sehr krank, sie ist doch sehr krank.« Dann drehte er sich um.

Der Wind kam stärker vom Haff her, die Zweige rauschten manchmal auf und die Wellen spritzten höher an den Steinen empor. Klaus lachte vor sich hin und sprach: »Doris!«

Hastig zog er seine Kleider aus, warf sie zur Erde in den Sand und stieg auf das Mäuerchen. Eine Weile stand die nackte Gestalt bewegungslos in der Dämmerung, unter den letzten Zweigen der dunklen Bäume, vor dem blassen Abendhimmel, dann sank sie ein wenig in die Kniee, straffte sich hochauf und sprang weit hinaus in die Wellen.

Frau Annemarie schob ihren Stuhl zurück und erhob sich; der Diener trat heran, legte seine linke Hand auf die hohe Lehne, zog den Stuhl weg und reichte der Frau ihren dünnen, schwarzen Stock.

Christian von Dohm führte das Weinglas in großem Bogen vom Munde weg und stellte es neben den Teller hin, schlug mit den flachen Händen auf die Tischkante und stand langsam auf. Gleichzeitig erhob sich Klaus. Sie schritten hinter Frau Annemarie her durch die offene Tür ins Nebengemach.

Die Sonne lag in schrägen Strahlen und mit den warmgoldenen Lichtern des späten Sommerabends auf den hochlehnigen Holzsesseln und über den dunkeln Bildern an der Wand. Aus einem braunen, rissigen Rahmen heraus glühte ein roter Gewandfetzen, in dessen Falten eine schwere, goldene Ringkette versank, daraus stieg ein schmaler Hals empor, der weiß und durchsichtig leuchtete, während das Antlitz mit den hochgebundenen Haaren darüber im Schatten lag.

Klaus blieb stehen und drehte den Kopf nach dem Bilde. »Als ich ein Junge war, – bei meinem ersten Besuche wohl, vor zehn Jahren, – erzähltest du mir die Geschichte dieser Frau. Erinnerst du dich?«

Frau Annemarie nickte. »Ich hatte sie damals selber soeben gehört und dachte in den ersten Tagen, als ich dieses Haus bewohnte, nur an die arme Frau.«

Christian sah von dem Briefe auf, den er am Fenster las, trat heran und sagte lächelnd: »Sie war sicherlich schön. Ihr Mann, mein Urgroßvater, muß aber ein gestrenger Herr gewesen sein. Er ließ nicht mit sich spassen. Fort mit ihr, aus Hof und Heim, als er ein einziges Mal den jungen Fant bei ihr traf. Man war ohne Erbarmen bei uns, zu jenen Zeiten. Wer weiß, ob sie überhaupt schuldig war.«

Er trat wieder zum Fenster zurück und las seinen Brief. Klaus betrachtete das Bild, bis plötzlich die Sonne davon weggeglitten war und die glühenden Farben lautlos erloschen. Da wandte er sich ab und schritt ins Rauchzimmer.

Christian folgte ihm, steckte sich auch eine Zigarre an und legte sich in einen tiefen Sessel zurück.

»Da bist du wieder mal bei uns. Du verzeihst, daß ich gestern bei deiner Ankunft nicht hier war.«

»Aber bitte!«

»Ja, ich mußte rasch nach Königsberg fahren. Eine Besprechung wegen der Fohlen.« Er sah in den Rauch, klopfte mit dem Finger die Asche ab und sagte: »Was treibst du eigentlich immer, Junge?« Klaus sah ihn an und zog die Brauen in die Höhe.

»Nicht als ob ich dich ausfragen wollte,« fuhr der andere lachend fort. »Es geht mich ja nichts an, – soweit –,« fügte er nach einer Weile hinzu.

Klaus sagte gleichgültig: »Du weißt ja, ich studiere Jus. Vater wollte es so, er sagte es ja dir selbst vor seinem Tode.«

»Ja, damals sagte er es. Er selber hat es damit weit gebracht. Er war der Aeltere, aber er verzichtete gern auf Kampken. Er paßte nicht mehr hierher, als er von der Hochschule zurückkam. Es ist doch ein zu stilles Leben hier draußen.«

Klaus sagte nach einer Weile: »Es kommt darauf an, was einer herauszuhören vermag.«

Christian sah ihn belustigt an: »Zum Ferienaufenthalt ganz gut, gewiß, – aber jahrelang, jahrelang –. Du, hör mal, laß den Jochem doch Wein bringen – oder Porter. Es liegen noch ein paar Flaschen unten.«

Klaus ging ins Eßzimmer hinüber, wo Jochem das Silbergeschirr von der Tafel nahm. Als er zurückkam, blieb er eine Weile bei Frau Annemarie stehen. Sie saß in der Nische am Fenster und blickte übers Haff. Ihre Hände lagen auf dem breiten Gesimse.

»Dort fährt der Jeschkeit; das ist sein Segel, das dunkelgrüne,« sagte sie und wies übers Wasser hin. »Du weißt doch noch, wer Jeschkeit ist?«

»Ja,« erwiderte Klaus. »Morgen gehe ich zu ihm. Ich will wieder mit ihm fahren.«

Sie sah ihn von der Seite an und fragte lachend: »Was denken wohl die Leute, wozu du hergekommen bist?«

»Was gehts sie an? Und was kümmerts mich?« Und er lachte auch. Pfeifend ging er ins Rauchzimmer zurück.

Christian hatte zwei Gläser gefüllt. »Du bringst ein wenig Leben ins Haus,« rief er Klaus zu. Nachdem sie getrunken hatten, fragte er mit gedämpfter Stimme: »Wie fandest du sie?« und zwinkerte nach Frau Annemaries Zimmer hinüber.

»Ganz gut,« antwortete Klaus. »Und viel jünger als ich mich ihrer erinnerte.«

»Jünger? Seltsam. Sie ist doch immer krank.«

Klaus sah ihm in die grauen Augen, die etwas schläfrig aus dem hohen, schlaffen Gesicht blickten.

»Ist sie denn nicht ganz geheilt?«, fragte er.

»Da ist nichts zu heilen,« versetzte der andere und schüttelte langsam den Kopf. Dann fügte er hinzu, indem er das Glas hob: »Du siehst, ich bin wahrlich nicht zu beneiden.«

Klaus warf den Kopf mit einem Ruck zurück. Er lachte nicht, aber er zog lautlos die Mundwinkel etwas herab. Christian bemerkte es nicht, er sah auf den Teppich nieder.

»Es ist auch ein Leben, Teufel noch einmal,« murmelte er seufzend. »Und ich lasse sie natürlich nichts merken, – was kann sie dafür, daß sie krank ist? Aber ihr selber gehts auch nahe, – diese Stille im Haus, kein Junge, kein Lachen. Früher warst du noch etwa hier, in den Ferien, ab und zu Sonntags, als du in Königsberg lebtest. Seither ists tot.«

»Ich bin ja wieder da,« warf Klaus ein.

»Wie lange! Du wirst es bald satt kriegen, Junge. Du bist an ein anderes Leben gewöhnt. Erzähl ein wenig, wie ihrs in Berlin treibt. Toll, was?«

Klaus zuckte mit den Achseln. Christian beugte sich nach vorne, goß in die Gläser ein und blinzelte ihn aufmunternd an. »Raus mit der Rede! Wir leben hier ja doch bloß von dem, was uns das Leben manchmal so zuträgt, – vorwirft!«

Frau Annemarie trat auf die Schwelle und schritt über den Teppich an den Tisch heran. »Man muß wohl allmählich an die Vorbereitungen zum Erntefest denken?,« fragte sie.

»Gewiß, Beste,« antwortete Christian und erhob sich schwerfällig aus der Tiefe seines Sessels. »Sonnabend in acht Tagen werden wir wohl soweit sein.«

Frau Annemarie zauderte eine Weile, dann sagte sie: »Könnte man nicht die Trencks dazu herbitten und die Osterlohs von Romehne? Sie waren lange nicht hier.«

Christian schritt auf sie zu, legte ihr beide Hände ums Haupt und küßte sie. »Was du stets für ausgezeichnete Gedanken hast, Liebste. So wollen wirs machen: Trencks und Osterlohs, – vielleicht noch die Güstrows, was meinst du dazu?«

Frau Annemarie zog ihren Kopf aus seinen Händen und sagte einfach: »Vielleicht auch die Güstrows.«

Christian lachte zu Klaus hinüber: »Weißt du, Ursula von Güstrow ist wieder zu Hause. Du erinnerst dich wohl an sie, – es ist die mit dem blonden Haar, die lange, die so ausgezeichnet reitet.«

»Ich glaube, ich erinnere mich. Aber lief sie nicht weg, einmal? Ich hörte jemand davon erzählen.«

»Ja, diese, – sie hat wieder Frieden geschlossen mit dem Alten; es war eine seltsame Geschichte. Niemand weiß eigentlich recht, wie es zugegangen ist. Seit sie wieder zu Hause wohnt, ist alle zwei Wochen irgend was los auf Pareyken. Der Alte gibt klein bei und findet auch Gefallen daran.«

»Willst du's ihnen sagen,« fragte Frau Annemarie, »oder soll ich schreiben?«

»Ich reite mal vorbei, – oder du, Klaus, kannst es besorgen. Du mußt ja doch grüßen gehn. Sie werden Augen machen, dich wieder zu sehen. Ursula wird dich zum Reiten bestellen.«

Klaus murrte: »Wenn ich will –«

»Gute Nacht,« sprach Frau Annemarie. Christian küßte sie nochmals auf die Stirn; sie ließ es still geschehen, dann streckte sie Klaus die Hand hin und schritt langsam aus dem Zimmer.

Als die Türe sich hinter ihr geschlossen hatte, blieb es eine Weile still. Christian zündete sich eine neue Zigarre an und schob Klaus die Schachtel hin: »Die wird dir gefallen.«

Klaus griff in den Kasten, hielt erstaunt inne und sah Christian fragend an.

»Sie legt Feuer, wo sie kann.«

»Du sprichst von Ursula,« lachte Klaus.

»Ja, ja.« Und er lachte auch, laut und stoßweise. Klaus verstummte sofort. Christian schüttelte noch ein paarmal seinen Kopf, starrte vor sich hin und lehnte sich dann seufzend zurück. »Wenn wieder etwas Leben hier in diese dicken Mauern käme –! Wir wollen es versuchen. Du bist ja nun hier, Klaus, – wer weiß? Annemarie liebt es nicht, aber eigentlich wäre es nur gut für sie. Sie schläft mir leise ein in dieser Stille. Ich kann ja stets zur Stadt fahren oder dahin und dorthin, wenn ichs nicht mehr aushalte. Anne kommt nie mit; die Nachbarn sinds schon so gewohnt, daß ich ohne sie erscheine: Da kommt der Witwer!«

Klaus zog die Brauen zusammen und blickte Christian scharf an. Das Wort stand lange hartnäckig in der Dämmerung, die dunkler und dunkler aus allen Ecken des Gemaches trat und das letzte Licht zum schmalen Fenster hinausdrängte. Fahl schimmerte das Haff herein.

Christian hob eine Flasche gegen den dumpfen Schein, murmelte etwas und stellte sie hart wieder hin. Dann goß er aus einer andern die Gläser voll. In der Dunkelheit stießen sie an, tranken und legten sich wieder weit in die Sessel zurück.

Plötzlich, eben als Christian etwas sagen wollte, hastete Klaus hervor: »Ja, du hast recht, es sollte etwas Leben herein. Euer Wasserschloß ist ja ein Grab geworden. Um Annemaries willen sollte man etwas versuchen, meine ich.« Und nach einer Weile, langsamer und leiser: »Wie, wenn du deiner Frau jemand zu Besuch bätest?«

Ein langer, flackernder Lichtschein schwankte zur Türe herein, Schatten flogen die Wände hinauf, und das Fenster wurde ganz dunkel. Das Mädchen trug eine Lampe herein, stellte sie auf den Tisch zwischen die Gläser und Flaschen und ging still wieder davon.

»Wen –?«, fragte Christian.

»Eine ihrer Freundinnen vielleicht, –was weiß ich!«

»Sie werden sich hüten, sich in dieser Einsamkeit zu begraben,« lachte Christian vor sich hin.

Klaus hob die Schultern: »Man würde anfragen.«

Wieder schwiegen sie eine Weile, Klaus biß sich auf die Lippen und stieß zuletzt hervor, indem er forschend nach Christian hinsah: »Ich sprach zum Beispiel in Berlin oft mit Doris Körte.«

»Doris Körte –?«, fragte Christian gedehnt.

»Ja, aus Danzig. Du kennst sie doch, Annemaries Freundin, – sie malt.«

»Sie lebt in Berlin?«, fragte Christian und hob seine Augen. Klaus wich ihnen aus. »Ja,« sagte er.

Da begann Christian leise in sich hinein zu lachen. Klaus sah ihn geärgert an. »Was ist da zu lachen?«, sagte er unwirsch und trank sein Glas in einem langen Zuge leer.

Als er es hinstellte und aufsah, erblickte er, wie von ferne durch einen kreisenden Nebel, die grauen Augen, die ihn aus dem schlaffen Gesicht beobachteten. Da schlug er die Faust auf den Tisch und rief: »Von Berlin soll ich dir erzählen, sagst du? Warum nicht!«

Und er erzählte. Müde hörte ihm Christian zu. Manchmal lachte er laut auf, wenn Klaus mit seiner klingenden und doch harten Stimme von waghalsigen Abenteuern und ausgelassenen Torheiten berichtete. Dann und wann unterbrach er ihn, schlug die flachen Hände auf seine Schenkel und rief: »Künstlerleichtsinn!« oder: »Ja, so lebt ihr Studenten!«, mit der Zeit aber wurde er still, atmete ruhig und ließ den Kopf auf die Brust herunter sinken.

Die laue Sommernacht flutete in Wellen zum offenen Fenster herein. Das Haff klatschte an die Mauern. Im Hause war es still. Die Lampe flackerte zeitweilig auf, und dann sank ihr Licht wieder zusammen; an der Decke zitterte ein runder, heller Fleck, ringsum drängten sich die Schatten.

Klaus erzählte und hörte selber seinen Worten zu, als kämen sie aus der Ferne irgendwoher. Er hatte sein Glas noch ein paarmal gefüllt und ausgetrunken und begleitete seine Rede mit matten, immer gleichen Handbewegungen. Zuletzt wiederholte er dreimal den Satz: »Eigentlich war in Berlin gar nichts mehr los, und wenn nicht Doris dort gewesen wäre, hätte mich kein Teufel in diesem langweiligen Nest zurückgehalten; das kannst du mir glauben,« – da fuhr Christian aus seinem Sessel auf, blickte über den Tisch, erhob sich und trat zu Klaus. Er legte ihm die Hand auf die Schulter und sagte gähnend: »Wir wollen jetzt schlafen gehn. Gute Nacht. Du hast mich vortrefflich unterhalten.«

Klaus schritt hinaus und stapfte schwer die Wendeltreppe empor. Jede Stufe kreischte und sang unter seinen Füßen. Als er sich polternd über den dunkeln Flur nach dem Giebelzimmer hintastete, fuhr ihm durch eine offene Dachlucke der frische Haffwind in Gesicht und Haare. Da sagte er laut vor sich hin: »Pfui Teufel –,« stieß seine Türe auf und schlug sie wieder hinter sich ins Schloß, daß es durch das nachtstille Haus hallte.

Vor dem Fenster aber schwankten die Aeste der Bäume auf und ab wie winkende, dunkle Hände und pochten und streiften rauschend am Gesimse. Und das Haff warf stärkere Wellen gegen die Mauer des Hauses.

II.

Als Klaus um die vierte Nachmittagsstunde mit heißem und ver-
schlafenem Kopf aus seiner Giebelstube herunterstieg, begegnete er
Christian von Dohm, der im Flur die Zeitungen des vorigen Tages
durchsah; der Postbote hatte sie soeben abgegeben und saß nun in
der Küche, wo er seine staubtrockene Kehle erfrischte.

»Gehst du nach den Feldern hinaus?«, fragte Klaus. Christian
nickte, legte die Zeitungen hin und folgte.

»Ich fahre nach Agilla hinüber, zum Jeschkeit. Ich komme abends
nicht zurück. Willst du es Annemarie sagen?«

Sie schritten durch den Park nach den Ställen, die still in der
Nachmittagssonne lagen; die breiten Scheunentore standen weit
offen, gelbe Halme lagen davor zwischen den Steinen des gepflas-
terten Hofs und wiesen die Spur der einfahrenden Garbenlasten.
Grell flutete das Licht von den hohen, hellen Mauern zurück und
blendete die Augen; aus einem der dunkeln, aufgerissenen Tore
klangen, wie von ferneher, Männerstimmen und Lachen.

Christian trat hinzu, und sein Schatten fiel auf die Tenne. Das Lachen verstummte plötzlich. Ein Scharwerker räusperte sich und
sagte: »Wir warten auf die nächste Fuhre.« Christian nickte nur und
sah den Gebäuden entlang nach den Feldern hinaus; quer lief, von
zwei Baumreihen geführt, die Straße.

»Zwei Knechte genügen hier. Raus mit den andern aufs Feld!«
rief er dann in die Dunkelheit hinein.

Nach einer Weile gingen, eine hinter der andern, drei Marjells
geduckt an ihm vorbei, die weißen Kopftücher über die Stirn herab-
gezogen, und ihnen folgte ein Bursche, der an der Mütze rückte. Sie
schlichen der Mauer entlang und bogen um die Ecke. Später sah
man die weißen Tücher auf der Landstraße. »Wer ist noch drin-
nen?«, rief Christian.

»Aschmoneit und ich, der junge Timm,« kam eine Stimme zurück.

Christian schritt weiter. Von der Straße her bog in scharfem Trab,
vier Gäule vorgespannt, eine Garbenfuhre in den Feldweg ein und

ratterte auf den Hof zu; ein Kerl in ziegelroter Jacke hockte auf dem hintern Sattelroß und trieb die Pferde schreiend mit der kurzen Geißel an. Glühend hatte sich das Sonnenlicht in die Garben eingeflochten und eingenistet, und wie eine Feuerlohe fuhr der Wagen zum dunkeln Tor hinein auf die Tenne, die dumpf von Gestampf der Rosse dröhnte.

Hinter den Gebäuden bog Klaus ab und ging über die Weide, an einem mageren Schimmel vorbei, nach dem Walde hinüber, der blau und dunkel wie eine Mauer hinter den Feldern stand. Mit heißem Atem fuhr die Glut aus dem hohen Korn, das langsam hin und her schwankte, und legte sich Klaus um den Kopf. Dumpfe Gesänge brausten in seinen Ohren.

Im Walde war es still. Ein schmaler Pfad glitt durchs Unterholz, über wiegendes Moos und glucksenden Sumpf, neben einem Graben voll dunkelschwarzen, stehenden Wassers dahin. Das Gesträuch wurde dichter, die Zweige schlossen sich eng zusammen. Klaus mußte sich bücken. Der Pfad schlug einen Bogen und lief dann wieder geradeaus. Plötzlich trat das Gestrüpp zurück, zwischen hohen Stämmen schimmerte stahlgrau der Saum des Haffs herein. Nach kurzer Zeit schritt Klaus auf dem trockenen Sande dahin. Er spähte über das flimmernde Wasser hin, an der Waldspitze vorbei, die in weitem Bogen ins Haff vorstieß. Fern erkannte er den gelben Strandwall von Agilla und die roten Dächer, die da und dort über ihn herausragten. Dann wandte er sich um. Auch hier drang das Land weit ins Haff vor, und an der äußersten Spitze, die Grundmauern vom Wasser bespühlt, trotzte das Herrenhaus von Kampken. Die alten Wände stiegen grau empor bis unter das niedere, braune Dach. Breit und wuchtig, im Rücken die hohen, weitgipfligen Bäume des Parks, stirnte das alte Schloß in die Flut hinaus. Das kleine, weiße Mäuerchen längs dem Strande schimmerte unter den tief herniederhängenden, dunkeln Aesten der Allee.

Klaus lachte vor sich hin: »Sagte ich gestern Abend nicht, man sollte etwas Leben hier herausbringen? Hier heraus? Was für ein Unsinn –.« Und er schüttelte den Kopf, als er weiter ging.

Im innersten Winkel der Waldbucht lag sein Boot, mit dem trockenen Kiel auf dem Strand. Mit der Achsel stemmte sich Klaus gegen den Rand, ließ sich bis an die Kniee in den Sand herab und schob ruckweise das Boot vor sich her. Knirschend gab es nach und glitt ins Wasser. Dann sprang er hinein, legte die Ruder aus und stieß ab. Mit ruhigen Schlägen trieb er es durch die flachen Wellen, und langsam sank die Waldmauer zurück.

Weit draußen drehte er bei und umfuhr die Landspitze; das Boot hielt gegen die roten Dächer des Fischerdorfes zu, weiter und weiter zurück fiel das graue Herrenhaus von Kampken, und plötzlich schob sich der Wald davor.

Der Strand wurde kahl und flach, da und dort griffen Windmühlenflügel starr in die unbewegte Luft hinauf, und ferne standen klein und wirr die Häuser des Städtchens. Weit ins Land hinein schob sich eine Bucht dem breiten, ruhigen Fluß entgegen. Seine Strömung trieb das Boot um ein kleines ab, Klaus hielt aber fest auf die roten Dächer über dem gelben Strandwall zu. Er kam ihnen näher und näher und sah schon deutlich die Fischerkähne, die in weiten Abständen am Ufer lagen. Schlaff hingen die Segel an den Masten, Menschen gingen am Strand von den Hütten zu den Booten, schleppten Netze heran und trugen sie über die schwanken Holzstege auf die Kähne.

Einer neben dem andern schauten die niederen Giebel über den Wall, blau oder grün bemalt, mit weißen und roten Streifen am Dach und geschnitzten Roßköpfen über dem First. Klaus ruderte zur ersten Hütte. Ein Mann kam eben über den Damm und stieg zum Kahn hinab. Er blieb stehen und sah aufs Wasser. Dann rief er in den Kahn hinein: »Kennst du das Boot dort draußen, Hinrich?«

Ein Kopf hob sich über die Bordwand. »Der Fischmeister ist das nicht.« Der Kopf tauchte wieder hinab, und der Alte ging weiter. Auf dem Brettersteg blieb er nochmals stehen; Klaus hielt nun gerade auf ihn zu, um zur Seite des Fischerkahns anzulegen.

»Halloh, Jeschkeit, ist noch Platz für mich?«, schrie Klaus hinüber.

Der Alte warf sein Netz in den Kahn, der Kopf seines Sohnes erschien wieder über dem Bordrand, und eine junge Frau kam von der Hütte her über den Damm gelaufen. Da stieß auch schon Klaus mit seinem Boot an den Steg, band die Kette fest und schwang sich aufs Brett.

»Ein Platz wird immer sein,« lachte der Alte und spuckte neben der Brücke ins Wasser. »Ich dacht mir doch, so rudert kein Fischer. Fährt er wahrhaftig mit, junger Herr?«

Klaus sprang in den Kahn. »Natürlich.« Er stieg über die Netze und Taue und gab Hinrich die Hand. Dann sah er ihm ins Gesicht. »Wo ist dein Auge hingekommen?«, fragte er bestürzt.

Hinrich zuckte nur mit den Achseln und stieß den Kopf nach dem Haff hin.

Der alte Jeschkeit sagte ruhig: »Ein Segeltau, im Sturm, hats ihm herausgeschlagen.« Dann stieg er wieder auf den Damm.

Das Weib war näher getreten und stand mit verschränkten Armen beim Steg. Es trug eine rote Jacke und einen blauen Rock, schwarze Haare strähnten ihm ins Gesicht herab.

Hinrich knüpfte Steine am Netzrand fest. Er murmelte neben seiner Tonpfeife vorbei: »Sie ist meine Frau. Ich habe doch die Stina genommen.«

Klaus sah mit kurzem Blick zum Ufer hinüber. Das Weib starrte ihn aus großen Augen an; ihre Lippen waren rot und halboffen.

»Ist Stina nicht Jans Schwester?«

Hinrich nickte.

»Fährt Jan nicht mehr mit euch? Er wollte doch das Geschäft mit dir teilen.«

Hinrich strammte eine Schnur und stand dann auf. »Jan ist draußen geblieben,« sagte er ruhig und stieß wieder mit dem Kopf nach dem Haff hin.

Der Alte kam mit einem neuen Netz über den Steg. Er hörte die letzten Worte und fügte bei: »In jener Nacht, als ihm das Auge ausgeschlagen wurde. Es war Sturm. Von Tawe sind sieben Kähne nicht mehr heimgekommen. Bei uns blieb nur Jan. Hinrich kam am nächsten Tage allein im Boot zurück, mit einem Auge.«

Drüben stieß schon ein Kahn vom Strande ab. Einer schrie etwas herüber. Hinrich rief: »Ja ja,« trat auf den Steg und redete leise und heftig auf sein Weib ein. Es wandte sich ab, schritt langsam den Damm hinauf und jenseits zur Hütte hinunter, ohne sich umzusehen. Der Alte hob rasch eine Hand an die Stirn und nickte Klaus zu. Dann stieß er die Stange neben dem Bordrand ins Wasser hinab, Hinrich zog die Kette ein, und der Kahn glitt vom Ufer weg. Eine Strecke weit ruderten sie stehend, dann band Hinrich das kleine Segel fest, und ein schwacher Wind stemmte sich lässig darein.

Allenthalben am Strand waren die Kähne abgestoßen und furchten durchs Wasser hinaus. Einige trieben mit Ruderschlägen voraus, andere kreuzten langsam hin und her und suchten den Wind. Der Strand sank zurück, über dem Damm stieg das flache, weite Land empor. Das Herrenhaus von Kampken trat wieder hinter der Landspitze hervor, die weißen Häuser und die Windmühlen von Juwendt tauchten über dem Strandwall auf, und weit oben, in der Abendsonne, glühten die Hütten von Nemonien, die bis unters Dach rot getüncht waren; man konnte sie von ferne erkennen. Uebers Haff herüber, als blasser, langgezogener Strich zwischen dem blauen Himmel und dem stahlgrauen Wasser, schimmerten die Dünen der Nehrung.

Hinrich hißte das große Segel, beugte sich über die Bordwand und spritzte mit der Schöpfschaufel Wasser in die Leinwand hinauf. Da wurde das Segel dunkelgrün, fast schwarz.

»Es ist noch ziemlich neu,« sagte Klaus und schaute am Mast hinauf. Hinrich lehnte sich ans Steuer und rückte es zeitweilig hin und her. Er antwortete. »Ja, Stina hat es genäht. Das alte flog mir damals weg.«

»Stina näht die schönsten Wimpel,« fügte Jeschkeit hinzu und nahm die Pfeife aus dem Mund. »In Nemonien haben sie kein schöneres als meines.« Er sah zu dem rotweißen Tuch hinauf, das mit seinen Fransen und der Holzschnitzerei darüber an der Mastspitze im Winde flatterte. Dann hockte er sich nieder und knüpfte die Netzenden zusammen.

Es wurde Abend. Die Sonne sank hinter die Dünen. Aber der Himmel blieb hell, nur über dem Land stiegen dämmerige Schatten auf. Sie krochen aus den tiefen Wäldern heraus und gingen mit schleppenden Gewändern über die Weiden und Felder. Gelb und schwach flackerte schon das Blinkfeuer von Nemonien durch den Dunst, der sich aus dem sonnenheißen Lande hob und alles verschleierte.

Hinrich steuerte den Kahn langsam an die Seite eines andern, der quer durch die Wellen schnitt. Als sie Wand an Wand fuhren, rissen sie die Segel aus dem Wind und blieben still liegen. Sie verknüpften von hüben und drüben die Netze miteinander.

»Fertig,« sagte Jeschkeit, trat ans Segel und schlug es herum. Hinrich stemmte das Steuer zur Seite, die beiden Boote schossen auseinander, und die Netze glitten langsam über die Bordwand.

»Gute Nacht,« schrien die von drüben; »gute Nacht,« rief der alte Jeschkeit. Verhallend kam eine Stimme durch die spritzenden, klatschenden Wellen: »Hinrich, wem ist die Nacht länger, dir oder Stina?« Und ein Lachen verlor sich.

Der am Steuer rührte sich nicht. Seine Faust lag um den Holzgriff und drückte ihn zur Seite. Sein Auge maß den Abstand, der sich breiter und breiter zwischen die Boote schob. Das Netz glitt und glitt; Jeschkeit half, wo es stocken wollte.

Dann hob er eine Diele aus dem Kielboden, holte ein paar Scheite vom Bug herbei und fachte über der Backsteinplatte Feuer an. Der Himmel erlosch langsam. Die Kähne glitten wie Schatten durch die Dämmerung, ihre Segel standen dunkel vor dem Himmel. Eine rote Glut lohte flackernd am Mast empor und bestrahlte Jeschkeits verwittertes Gesicht. Hinrich blieb im Schatten, Klaus rückte an die Flamme. Ueber ihm knatterte das Segel.

»Sie höhnen ihn noch immer,« sagte der Alte und nickte mit dem Kopf zu Hinrich hinüber.

Klaus lachte: »Sie neiden ihm Stina. Wer war hübscher auf und ab am ganzen Strand?« Der Alte kniff die Augen zusammen und öffnete langsam den Mund, aber Klaus rief nach dem Steuer hin: »Du liefst ihr schon nach, als ich noch hier draußen war.«

Hinrich sprach ruhig durchs Dunkel zurück: »Als du weg warst, wollte ich nichts mehr von ihr wissen. Sie betrog mich.«

Klaus blickte in die Flamme, die vom Winde hin und her getrieben wurde. Der Alte murrte: »Wer kann da die Wahrheit wissen?«

»Ich weiß sie,« rief Hinrich, und heftiger stieß seine Stimme durch die Nacht. »Warst du nicht dabei, an jenem Abend, als sie wieder einmal zum Strand herabkam, in ihrem blauen Rock und dem farbigen Kopftuch: Wie geht es dir immer, Hinrich? Und ich, ohne von den Netzen aufzusehen: Wohin gehst du denn immer, du Stina? Weg lief sie da, ohne ein Wort. Sie hat mich betrogen.«

Er schwieg plötzlich. Der Alte sagte ruhig: »Eine schöne Marjell, – da ist nichts zu machen.« Hinrich antwortete nicht mehr. Er saß auf dem Bootsrand und kaute an einer Brotrinde. Von Zeit zu Zeit griff er ans Steuerruder.

Der alte Jeschkeit aber begann wieder halblaut zu Klaus: »Sie sagen, er habe mit Jan Händel gehabt, wegen dessen Schwester. Aber Jan zankte auch mit ihr; wenn Hinrich sie nahm, war Jan sein Schwager. Dann kam die Sturmnacht. Vorher hatte Hinrich laut – alle hörten es – Schlechtes von der Marjell gesagt. Jan und er sprachen tagelang kein Wort miteinander. Sie waren allein im Boot. Am andern Tage kam er so wieder, ohne Auge und ohne Jan. Die Leute redeten viel darum, aber es war erlogen. Kann einem ein Segeltau kein Auge ausschlagen? Und auch vierzehn Männer von Tawe hat ja das Haff in jener Nacht gefressen. Als die Leute nicht schwiegen, sagte Hinrich: Ich will sie doch nehmen. Aber die Stina war schon damals wirr im Kopf. Sie hatte niemand als ihren Bruder Jan gehabt.«

Er klopfte die Pfeife an der Bordwand aus und legte sich neben dem Feuer nieder. Die Flamme sank langsam in sich zusammen.

Klaus trat in die Dunkelheit. »Laß mir das Steuer, Hinrich.«

»Warum? Ich habs festgebunden.«

»Dann kannst du dich hinlegen.«

Hinrich lachte. Nach einer Weile: »Hat er dirs erzählt, wegen Stina?«

»Ja.«

»Er allein glaubt mir, daß es so zugegangen ist. Von den Leuten keiner. Auch Stina nicht.«

»Aber sie hat dich doch genommen, nachher –.«

Hinrich lachte wieder kurz auf: »Das –! Um mich täglich nach dem toten Jan zu fragen!«

Sie schwiegen lange. Uebers Wasser blinkte das Licht von Nemonien. Der Strand war weit weg in der Dunkelheit versunken. Die Wellen spritzten an der Bordwand herauf, und unter dem Kielboden gluckste es. Die Glut strahlte schwach über ein Tau und Jeschkeits rissige Hände, die er im Schlaf der Wärme entgegen hielt.

Von Zeit zu Zeit trat Hinrich ans Segel und holte es langsam ein. Dann setzte er sich wieder zum Steuer und starrte vor sich hin in die Dunkelheit.

Die Wellen glitten an der Bordwand vorbei und hoben das Boot und ließen es sinken. Es war wie das Lied eines ruhigen Atems.

Plötzlich fuhr Klaus empor. Hinrich hatte ihm eine Jacke über die Beine geworfen. »Du schläfst schon lange,« lachte er. »Es ist kalt geworden.«

Klaus sah in die Sterne hinauf und zog die Beine an den Körper. Die Wellen pochten heftiger ans Boot. Er sah noch, wie Hinrich sich wieder am Segel zu schaffen machte. Ein Fetzen riß sich aus seiner Hand los, flatterte hochauf und fiel schlaff zurück. Hinrich packte ihn und band ihn fest. Als er ans Ruder zurücktrat, murmelte Klaus im Halbschlaf: »So schlug es dir ins Auge.« Hinrich beugte sich ein wenig vor und fragte: »Was sagst du?« Der andere schlief. Da verstand er aus dem Klang, der ihm noch im Ohre war, was Klaus gesagt hatte, und seine Lippen zogen sich herab. »Ja,« knirschte er leise, »aber Jan ließ es absichtlich fahren.«

Klaus stöhnte im Schlaf und drehte sich auf die Seite. Der Wind rüttelte kalt an den Tauen und bog das Segel. Hinrich saß, die Ellbogen auf den Knieen, das Gesicht in den hohlen Händen.

Um die dritte Morgenstunde, als der Wind heftiger am Segel zerrte, stieg im Osten die erste Helle schwach übers Wasser empor. Jauchzend biß sich der Wind in die Taue ein, die Wellen sprangen auf und stießen mit ihren Leibern an die Bootswand. Sie spritzten über und rieselten an den Planken herunter.

Hinrich schritt auf und ab und schlug die Arme um den Leib. Das fahle Licht glomm weiter am Himmel hinauf, und trieb die Dunkelheit mit gezückten Schwertern vor sich her. Nebelfetzen ritten auf den schaumigen Wellen. Da fuhr der Wind zwischen sie und riß eine weite Bresche hinein. Hinrich sah durch sie hindurch den andern Kahn. Er legte die beiden Hände um den Mund und rief hallend: »Hahoi!« Der Nebel verschluckte die Töne. Aber von drüben kam Antwort zurück, und ein Segel fuhr am Mast hinauf.

Klaus regte sich und stand mit knackenden Gliedern auf. Jeschkeit kauerte an der Bordwand und steckte seine Pfeife an. Eine Welle spritzte herein und klatschte ihm in den Nacken. Er rührte sich nicht, und nach einer Weile stieg ein Räuchlein empor. »Guten Morgen,« sagte er und beugte sich über das Netz hinaus.

»Willst du jetzt das Steuer halten?«, fragte Hinrich und gab Klaus das Holz in die Hand. »Immer fest und nicht loslassen, es geht gegen die Wellen an.«

Klaus stemmte sich dagegen, die beiden andern knieten an der Bordwand nieder, beugten sich hinaus, griffen mit den Armen in die Wellen und hoben die Netze mit dem zappelnden Fang herein. Die beiden Boote hielten spitz aufeinander zu. Als sie wieder Seite an Seite lagen, lösten die Männer die Netze voneinander und sahen berechnend auf die Fische nieder, die in den Maschen hingen und sich zuckend auf dem Boden herumschlugen.

»Guter Fang,« lachte einer von drüben. Jeschkeit nickte und holte flache Körbe herbei. Dann kauerte er neben dem Netzbündel nieder, griff einen Fisch nach dem andern, zog ihn aus den Schnüren und schlug ihn, wenn er noch zappelte, gegen die Bordwand. Die Körbe füllten sich.

Hinrich steuerte unterdessen das Boot im Bogen herum, setzte die Segel anders und kreuzte dem Strande zu. Glutig stand die Sonne über den Wellen. Die Küste lag noch dunkel in der Ferne. Das Blinkfeuer war erloschen. Allerorten schimmerten die Segel über den schaumigen Wellenkämmen auf.

Der alte Jeschkeit holte aus dem Verschlag eine Flasche, schuppte ein paar Zander glatt und schnitt sie zu Brocken in eine Schüssel; er goß Essig zu, streute Salz hinein und reichte das Gericht, nachdem er selber davon gegessen hatte, an Klaus weiter. Dieser schluckte ein paar Brocken hinunter, – da lachte Hinrich und bot ihm die Flasche: »Nimm einen Korn, so gehts besser.« Er selber führte die Schüssel an den Mund und schwenkte sie ein paarmal durchs Wasser, als sie leer war. Dann aßen sie Brot und stopften die Pfeifen.

Stina stand wieder auf dem Damm. Von weit draußen schon sahen die Fischer ihre dunkle Gestalt vor dem morgenblassen Himmel. Sie war groß und trug immer ihre rote Jacke. Der Wind wühlte in ihrem Haar. Jeschkeit und Hinrich trugen die Fischkörbe an den Strand; sie schritten mit kargem Gruß an ihr vorbei. Klaus trat zu ihr und bot ihr die Hand. Sie starrte ihn an mit Augen, die langsam durch verschüttete Erinnerungen auf ihn zu kamen.

»Kennst du mich, Stina?«, fragte er.

»Du bist Klaus. Wo bliebst du so lange?«

»Ich war weg, weit weg.« Er wies mit der Hand übers Land in die Ferne. Sie wandte sich um, sah weithin und nickte.

»Nicht dort?«, fragte sie dann hastig und reckte den Arm nach der Waldbucht hin, wo Kampken lag. Er schüttelte den Kopf. »Nicht dort?«, fragte sie nochmals, leiser. Und dann flüsterte sie: »Lebt sie noch, die junge Frau? Auch sie schaut übers Haff hinaus; ich sehe sie immer, wenn ich mit dem Boot vorbeifahre, um Fische in Kampken zu verkaufen. Sie schaut übers Haff. Wen erwartet sie?«

»Niemand!«, erwiderte Klaus. »Sie hört wohl den Wellen zu.«

Stina runzelte die Brauen und starrte in die Flut. Sie legte ihren Finger auf den Mund und flüsterte, indem sie Klaus am Arm faßte: »Ja, die Wellen, die können wohl viel sagen – dem, der sie hört. Ich höre sie, Tag und Nacht.«

Hinrich trat aus der Hütte, über den Schultern eine Holztrage, an der zwei volle Fischkörbe hingen. Er stapfte in großen Holzschuhen über den Damm und sagte unwirsch: »Was schwatzt sie wieder? Wenn sie nur schwatzen kann. Ist der Kaffe heiß?«

Stina wich zurück und ging in einem Bogen um ihn herum, der Hüttentüre zu. Dort wandte sie sich zurück, sah ihn flehend an und fragte leise: »Hast du Jan zurückgebracht?« Dann glitt sie hinein.

Hinrich lachte auf und schlurfte weiter. Seine Schultern beugten sich unter der Last der Holztrage. »Kommst du mit zum Fischhändler?«, rief er zurück, aber der Wind riß ihm die Worte vom Mund weg und verwehte sie.

III.

Sonnabends, im späteren Nachmittag, fuhr der letzte Wagen ein; sechs Pferde hatten sie vorgespannt, und auf jedem Sattelroß saß ein Jungknecht. So jagten sie vom letzten Acker her, der weit draußen an der Gemarkung lag, über die Straße her, die Allee herauf, am Herrenhaus vorüber und zur Tenne hin. Die Marjells waren auf die Garben hinauf geklettert, hielten sich lachend fest und schrieen laut, als sie am Haus vorbeifuhren. Auf der breiten Treppe stand Christian von Dohm und nickte ihnen zu. Die Ernte war eingebracht.

Langsam kamen darauf die Instleute vom Feld zurück, die Einheimischen ruhig und zu zweien oder dreien voraus, hinter ihnen die Polacken, ein ganzer Schwarm, mit hastigen Bewegungen und lauten Worten. Eine Staubwolke zog mit ihnen, die lange noch zwischen den Bäumen hing und dann breit über die Stoppelfelder strich und niedersank.

Sie schritten quer über den Hof nach dem Dorf und verschwanden in den niederen Hütten. Es war wieder stille ums Herrenhaus.

Der Kämmerer kam aus dem Stall, ging zur Tenne hinüber, schloß das große Tor zu und schritt zum Speicher. Er trat unter die Türe und rief hinein: »Seid ihr fertig?«

Der lange Timm hängte die letzten Papierlaternen zwischen die dicken Laubgewinde und steckte noch ein paar Tannenäste, die am Boden herumlagen, in die Ritzen der Bretterwand und in die rissigen Holzpfeiler, welche die niedrige Decke stützten. Der junge Peslack, des Schmieds Sohn, rollte leere Fässer heran, stellte sie längs den Wänden auf und legte lange Bretter darüber. In jeder Ecke standen ein paar Wassereimer; den einen sprengte er sorgsam über die Dielen hin, des Staubes wegen.

»Nu, Kämmerer, gefällts dir so?«, fragte der lange Timm und trat zur Türe zurück, legte den Kopf auf die Seite und blinzelte prüfend in den grün aufgeputzten Speicher. »Heute kann man sichs nicht denken, daß sonst hier der Stellmacher hockt und Hobelspäne herumschmeißt. Fein sieht das aus. Aber die roten Laternen sind das Feinste. Dazu hat mir der junge Herr das Geld gegeben.«

Der Kämmerer nickte und wandte sich ab. Dann kam er nochmals zurück: »Timm. Du weißt, es kommen Gäste.«

»Ja, ja,« rief der lange Kutscher. »Ich werde sie schon einfahren hören. Drei Gespanne. Und der alte Hagelstein von Korjäten kennt ja den Stall, so oft wie der mit seinem Herrn schon hier gewesen ist.«

»Es ist nicht darum,« sagte der Kämmerer. »Wenn sie wieder fortfahren wollen –.«

Der lange Timm nickte. Dann fuhr er sich mit der Hand ins Haar. »Du willst sagen –?«

»Ihr sollt euch nicht besaufen.«

»Ich will es ihnen schon zu verstehen geben,« grinste der lange Timm.

»Du auch nicht,« rief der Kämmerer von der Türe her zurück.

»Ich? Am Wagenschlag werd ich mich wohl noch halten können! – Laß es nun gut sein, Peslack. Komm, du ziehst doch auch die Sonntagsjacke an. Hast du gesehen, wie fein sich der Kämmerer gemacht hat? Donnerschlag!« –

Beinahe miteinander fuhren die drei Wagen von den Nachbargütern her auf den Landweg nach Kampken ein. Hintereinander bogen der von Korjäten und der von Romehne unter den Bäumen hervor auf den Kiesplatz und hielten bei der Treppe still.

Zuerst sprang der junge Trenck heraus, reichte der alten Gräfin die Hand und wollte dann auch dem Vater helfen. Dieser aber stieg gemächlich herunter, ohne der Hilfe zu achten. »Punkt elf Uhr fährt er vor. Verstanden?« rief er dem Kutscher nach, der kaum die Pferde ruhig halten konnte.

Christian von Dohm stand oben auf der Treppe. »Guten Abend, guten Abend!« Er küßte der alten Gräfin die Hand. »Fein, daß du auch kommst, lieber Egon. Ich fürchtete, unser Spiel gehe zum Teufel.«

Da stieg auch schon, die eine Hand auf dem Stock, die andere am Arm der Ursula, der alte Güstrow die Stufen herauf. Er ächzte. »Sieh mal, Dohm, ich bin wirklich zu marode, um noch auszufahren, so gern ich auch immer auf dein Wasserschloß komme. Aber die da hat mirs abgezwungen.«

Ursula grüßte lachend, aber als die alte Gräfin ihr die Hand hinstreckte, drückte sie sie bloß, ohne sie zu küssen. Und zum jungen Trenck sprach sie:»Aurora langweilt sich in Ihrem Stall zu Tode. Schämen Sie sich nicht, das Tier so verkommen zu lassen?« Er lächelte:»Gnädiges Fräulein, jeder Gaul kann doch nicht die Ehre haben, von Ihnen geritten zu werden.« Sie zuckte die Achseln und wandte sich ab.»Guten Abend, Frau Annemarie.«

Alle drängten sich um die Hausherrin, die ihnen im Flur entgegentrat. Auch Osterlohs waren unterdessen angekommen, die Eltern und Eva, ihre Jüngste. Es war ein Gewirr von Stimmen und Lachen, man legte die leichten Mäntel ab, die Frauen fuhren sich mit den spitzen Fingern in die Haare und traten dann ins Eckzimmer.

Da kam Klaus die Wendeltreppe herab, stutzte und schritt auf die Herren zu. Der junge Trenck sagte mitleidig:»Die langen Sommerferien – eklig, was? Ich begreif nicht, warum du hier bist. Du brauchst dich ja um die Schweinezucht nicht zu kümmern.« Der alte Güstrow aber schlug ihm mit dem Stock über die Schulter:»Klaus, laß ihn schwatzen. Auf Kampken saßen, seit die Mauern im Wasser stehen, die Dohms. Du wirst nicht anders sein als alle, die vor dir da waren.«

Nachdem Klaus die Damen begrüßt hatte, sagte Ursula, die abseits am Fenster stand, zu ihm:»Ich hab Sie ja schon gesehen.«

»Ja, früher wohl. Ich entsinne mich nicht recht.«

»Nein, jetzt, seit Sie wieder hier sind.«

Klaus sah erstaunt in ihre Augen. Sie lagen flackernd auf der Lauer, zwischen halbgeschlossenen, ruhigen Wimpern.

»Wo denn?«, fragte er.

»Sie haben meinen Badeplatz, am Walde drüben, in Gebrauch genommen. Beinahe bemerkte ich Sie nicht, das erstemal. Sie lagen braun wie ein Reptil in der Sonne auf dem Sand. Ich aber konnte weiterziehen und mir eine andere Bucht suchen.«

»Warum denn?«, lachte er und sah aufs Haff hinaus. Sie antwortete nicht. Da fügte er hinzu: »Ich kann ja an einer andern Stelle baden.« Sie wiederholte nun in seinem spöttischen Ton seine eigenen Worte: »Warum denn?« und trat zu Frau Annemarie.

Eva von Osterloh machte lachende, große Augen und wurde rot wie ein Kind, als er vor ihr stand und sie nach ihrem Bruder fragte.

»Ja, er ist noch dort. Es gefällt ihm, und Papa sagt, er soll nur noch weiter studieren. Aber zum Examen braucht er nicht zu gehen. Er übernimmt ja einmal Romehne. – Ja, ich war einen Winter lang bei ihm. Wir haben doch eine Tante dort. Ich konnte alles mitmachen, es ist ja bei den Teutonen, blaurotgold. Das war ein Leben! Wie schön habt ihrs doch!«

»Aber ich trage doch keine Farben, ich –«

»Die Studenten meine ich, alle. Diese Gebräuche, das Altertümliche, Eigenartige, Ehrwürdige, wie interessant ist das.«

»Finden Sie?«, fragte Klaus.

»Na, ja,« sagte sie und staunte an ihm hinauf. »Sie müssen doch auch Freude daran haben, Sie, der Sie mitten darin leben.«

»Ich glaube, ich war noch nie dabei,« lachte er und nickte, als sie ihn ungläubig aus ihren großen Augen ansah.

»Wo – mit wem leben Sie denn?«, fragte sie.

»Na so – mit Malern und Geigern und was sich etwa da zusammenfindet.«

»Ach –,« sagte sie langsam. Und ihre Augen lagen voll Frage und starrem Erstaunen auf ihm. »Das muß auch –. Mit rechten Künstlern also?«

Klaus lachte. »Sie halten sich alle dafür.«

Eva schüttelte langsam den Kopf hin und her und rief dann in das Stimmengewirr der Frauen hinein: »Mama, hörst du –?« Aber ihre Worte wurden von der schallenden Stimme der alten Gräfin übertönt, und da fuhr ihr auch schon ein anderer Gedanke durch den Kopf. Sie runzelte die Stirne und hob die Brauen: »Ist das auch wahr, daß Sie letzthin die Nacht über draußen gewesen sind?« Sie legte den Kopf nach der Seite des Fensters hin, durch das man die Wellen des Haffs leise rauschen hörte.

Er lachte: »Auch das ist wahr, ich bekenne es. Wer sagte es Ihnen?«

»Die Frau von Agilla, die Fische verkaufen kommt.«

»Stina?«

»Ja, sie erzählte es überall herum. Sie redet manchmal wirres Zeug, darum wollte ihr Mama nicht glauben. Ich sagte gleich, es könne vielleicht doch wahr sein. Siehst du, Mama!« schrie sie laut zu den Frauen hin. »Hörst du jetzt?« Die alte Gräfin hielt mitten im Satz inne, ihre Hand halb erhoben, wandte den Kopf herum und sah Eva an. Es wurde plötzlich ganz still. Eva wurde rot bis unter die Haare und sagte: »Hörst du, Mama, er hat ja gesagt.«

Die alte Gräfin lachte laut und tief auf: »Gott sei Dank, hat er das!«

Frau von Osterloh schüttelte den Kopf und seufzte: »Eva –!« Das Mädchen aber starrte seine Mutter an, fuhr dann vom Stuhle auf und legte seine Wange an die Schulter der alten Dame.

»Nun, Mädel –!«, lachte diese und streichelte ihr die Hand. Eva hob ihren Kopf, trat ans Fenster und sah hinaus. Ihre großen Kinderaugen weinten.

Ursula betrachtete sie von weitem, lächelte spöttisch und sah darauf Klaus an. Er fühlte ihren Blick und gab ihn ruhig zurück. Dann ging er zu den Herren.

Der alte Güstrow schüttelte seinen Kopf hin und her. »Sie ist nicht so, wie ihr sagt, – nein, sie hat etwas in sich. So schlampig ist sie jedenfalls nicht, wie die andern.«

Alle lachten. »Nein, bewahre –! das nicht.«

Der junge Trenck zwinkerte Klaus zu und flüsterte: »Seine Tochter –. Der Romehner hat einen neuen Skandal ausgeschnüffelt und bangt, seine unschuldige Eva möchte angesteckt werden. Das sind ja solche Krankheiten, die hier in der Einöde gedeihen.«

Der alte Güstrow zuckte die Achseln: »Was kann ich machen? Ich laß sie halt. Sie ist mal so. An jedem Baum ist ein Aestlein krumm.

Wer war die dort?«, und er zeigte mit dem Stock auf das Bildnis der schönen Frau an der Wand.

Christian von Dohm nickte: »Als sie hier hauste, war es auch nicht so still im Wasserschloß wie heute.«

Klaus sah ihn flüchtig an. Er fühlte, daß er rot wurde, und ärgerte sich darüber. Und dann blickte er nach der Türe hin, als wollte er wissen, ob sies gehört habe, die kranke Frau, die so still durch die Zimmer ging.

Aber Güstrow polterte weiter: »Und bei dir, lieber Graf, aus welchen sonderbaren Backsteinen ist dein Kamin gebaut? Waren es nicht einmal Kerkermauern, hinter denen ein Ahn lag?«

Der Graf hob sich stramm empor und sagte ruhig: »Er schlief dort seine Liebe aus, und da es ein tiefer Rausch war, schlief er bis in den Tod hinein. Solche Amouren paßten dem alten Fritz schlecht in seinen Kram.«

Güstrow wandte sich nun Osterloh zu, aber hier verschlug ihm die Stimme. Er stieß den Stock zu Boden und sagte knurrend: »Ihr sitzt nicht seit Jahrhunderten schon auf Romehne, wie wir andern. Der Teufel weiß, wo es in eurer Familie mal gehapert hat oder hapern wird.«

»Nicht bei Eva!«, flüsterte der junge Trenck Klaus ins Ohr und lachte leise. »Dem, der mit dieser eine Sünde begeht, vermach ich einmal Korjäten!«

Klaus lachte, aber sein Gesicht war verzerrt und leblos, eine grinsende Maske, hinter der er lachte: Bin ich eigentlich zimperlich geworden? Und ein paar Bilder von ausgelassenen Nächten in Berlin fuhren ihm durch die Erinnerung, aber überall sah er Doris, die jede Tollheit auf starken, kühlen Händen hoch über allem Schmutz gehalten hatte.

Er bemerkte in seinen jagenden Gedanken kaum, daß der Kämmerer unter der Tür erschienen war und Christian von Dohm zugerufen hatte: »Wenn der gnädige Herr kommen wollte –, die Leute warten.«

Darauf schritt der Hausherr zu den Frauen, sagte etwas und kam zurück. Sie gingen alle in den sinkenden Abend hinaus und zum Speicher hinüber.

Auf dem Wege rief Frau Annemarie Klaus zu: »Man erwartet natürlich, daß du als Sohn des Hauses deine Pflicht erfüllst!«

Klaus nickte lachend. »Sicher. Welche ist die Jüngste?«

»Ich glaube, des Schmieds Marjell, die in der Küche hilft.«

Der Lärm verstummte hastig, als die Herrschaft in den Speicher trat. Die Männer nahmen die Mützen von den Köpfen, die Frauen knixten tief. Und wer auf den Bänken an den Wänden gesessen hatte, erhob sich rasch.

Zunächst bei der Türe standen die alteingesessenen Instleute, dann die einheimischen Knechte und Mägde, und an der Gegenwand des Speichers drängten sich die Polacken und hoben sich auf die Zehenspitzen, um die Eintretenden zu sehen.

Eine flachshaarige Marjell trat scheu heran und reichte mit tiefgesenktem Kopf den kunstvoll geflochtenen Aehrenkranz mit dem leuchtenden Mohn und den dunkeln Kornblumen darin: »Nimm, gnädiger Herr.«

Christian gab ihn seiner Frau, sagte ein paar Worte von guter Ernte und treuem Arbeiten und nickte dann zur Ecke hinüber, wo einer an seiner Trompete herumfingerte und ein anderer leise an den Saiten der Geige zupfte.

Die beiden Musikanten hoben ihre Instrumente und blinzelten sich an. Wie ein Ruck ging es durch die Menschen den Wänden entlang, die Marjells streckten die Hälse, und einer der Polacken fing an, mit den Händen im Takt zu klatschen. Die andern pufften ihn in die Rippen und zischten: »Still!«

Eine Weile spielte die Musik, da drängte sich der Kämmerer langsam, den Hut in der linken Hand, aus der Schar der Instleute heraus und trat vor Frau Annemarie. Er verbeugte sich tief. Sie lächelte und sagte: »Danke.« Da er ihre Absage nicht begriff und vor ihr stehen blieb, legte sie, immer lachend, ihren Arm in den seinen und schritt langsam mit ihm einmal in der Runde herum. Alle blickten auf die junge, kranke Frau und den Kämmerer, der breitspurig und ein wenig gebückt an ihrer Seite dahin ging und den Hut schwenkte. Als sie wieder bei der Türe ankamen, stotterte er: »Nein, die gnädige Frau kann ja nicht tanzen –.«

Frau Annemarie lächelte und dankte ihm nickend.

Klaus sah spähend die Reihen auf und ab, den Wänden entlang; wo zwei und drei hintereinander standen, schaute er genauer hin. Die Marjells kicherten und wandten die Köpfe weg, die Knechte suchten mit ihren Augen auch herum und rieten, wen er sich holen werde. Da reckte er den Kopf ein wenig auf, nickte und ging quer durch den Speicher auf die andere Seite, wo die Mägde standen; sie machten ihm Platz, und er verschwand eine Weile hinter ihnen. Dann kam er zurück und zog des Schmieds Marjell am Arm mit sich hervor. Sie sträubte sich und drehte den Kopf zurück, und alle lachten auf. Als er sie leise in seinen Arm nahm, legte sie gehorsam und scheu die Hand auf seine Schulter und trat beim nächsten Takt mit dem Fuße vor und tanzte artig los.

Da hielt es die Polacken nicht mehr länger still; sie fingen an, sich in den Hüften zu wiegen, nahmen sich bei den Händen und sprangen in den Kreis. Christian von Dohm verbeugte sich vor der alten Gräfin. »Warum nicht?« lachte sie und schritt mit ihm nach vorne. Der junge Trenck führte Ursula heran, der Graf aber trat zu Eva: »Sie müssen mit meinen alten Beinen Vorlieb nehmen; einmal tanzte ich besser!« Er machte die Schritte zierlich genau und führte das Mädchen einmal durch den dichten Trubel hindurch.

In das taktförmige Schleifen hinein krähte schrill die Trompete, die Geige aber machte neckische Sprünge und rutschte immer, wenn sie mit der Melodie zu Ende kommen sollte, lachend eine Tonleiter zurück und hub von vorne an. Und der Staub stieg von der Holzdiele zur niederen Decke hinauf.

Nach einer Viertelstunde kehrten Herrschaft und Gäste ins Haus zurück und setzten sich im Speisesaal zu Tisch. Die Fenster aufs Haff standen offen, und die Kerzen des runden Leuchters warfen ihre Strahlen in die graue, abendliche Dämmerung hinaus. Die Stimmen schwirrten hin und her über die lange, funkelnde Tafel, und die gewölbte Decke gab hallend das Lachen zurück. Der alte Güstrow schlug klingend an sein Glas, erhob sich ächzend und trank Frau Annemarie zu. Alle rückten mit den Sesseln und traten zu ihr. Dann klapperten wieder Messer und Gabeln auf den Tellern, und das Lachen wurde lauter.

»Sind denn auch Mädchen bei diesen – Künstlern, wo Sie verkehren?« fragte Eva und beugte ihren Kopf über den Teller.

»Aber natürlich,« lachte Klaus. Doch er stockte, da er an Doris dachte. – »Wie meinen Sie?«

»Ich finde das seltsam. Mädchen – wie sind sie denn?«

»Gott –!«, begann Klaus und zuckte die Achseln. »Wie sollen sie sein? Wie überall!« Er lachte leise vor sich hin und dachte wieder an Doris. Und er fühlte Mitleid mit Evas Kinderaugen, die ihn staunend, fast ängstlich von der Seite her streiften.

Ursula, die zwischen ihm und dem jungen Trenck saß, beugte den Kopf ein wenig zu ihm herüber und sagte mit leiser, stahlharter Stimme: »Unsinn. Mädchen sind nie wie überall.« Als Klaus erstaunt das Gesicht nach ihr drehte, nickte sie schon wieder zu den Worten des jungen Trenck und sagte ernsthaft: »Gewiß, auf diese Art kann man es immerhin versuchen. Ich verspreche mir zwar nicht viel davon.«

Klaus sann verwirrt über Ursulas Worte nach und hörte nicht, was Eva sprach. Und er konnte seine Gedanken nicht mehr zurückreißen; wie wildgewordene Rosse stürmten sie von Erinnerung zu Erinnerung. In den letzten Tagen hatte er weniger mehr an Doris gedacht; das Land mit seiner Weite und seinen stillen Worten hatte alle lauten Stimmen in ihm gedämpft, wie eine weiche, kühle Hand über eine unruhige Stirne gleitet und sie zum Schlafen bringt. Nun aber, in der lauten Gesellschaft, unter den Menschen, die ihm alle so gleichgültig waren und die neugierig, ahnungslos an seinem Geheimnis herumtasteten, brach mit allem Glanz die vergangene Zeit wieder hervor und erfüllte ihn mit Unruhe und leisem Trotz gegen seine Umgebung.

Er gab Eva einsilbige Antworten, die immer daneben trafen, und spottete über ihre schwärmerischen Schilderungen des Farbenstudentenlebens. Hin und wieder empfand er das lästige Gefühl, Ursula höre ihrer Unterhaltung heimlich zu, und dann dachte er sich, wie sie nun wohl den Mund herabziehe und nun die lauernden Augen flackern und lachen lasse.

Er sah Eva kopfschüttelnd an: »Sie leben ja ganz in dem, was für Sie nicht mehr ist. In dem lauten Treiben des vergangenen Winters. Sagt Ihnen denn dieses Land hier, diese unendlich versunkene Stille, diese grenzenlose Weite gar nichts? Kommt das alles nicht auf gegen Ballgeflunker und Kränzchengeklatsch?«

Sie schlug die langen Wimpern nieder und sagte leise, wie ein gescholtenes Kind: »Ja ja, es ist ja sicher wunderschön, – ich bin ja doch auch hier zu Hause –.«

Er sah sie gedankenlos an, wieder überfluteten ihn Erinnerungen. Ursulas Stimme riß ihn heraus. Sie sagte spöttelnd: »Es kommt doch wohl darauf an, wo das Herz ist. Ich meine, das sei ganz einfach und klar, nicht? Und das Herz kann eben, bei uns dummen Mädchen, manchmal in einem Kränzchen hängen bleiben. Und wer reißt es los, wenns nicht von selber locker wird?«

Klaus biß sich auf die Lippe. Wie konnte ich auch vorhin den Unsinn sagen?, dachte er und fragte Ursula ärgerlich: »Sie meinen nun wohl, ich sei ein Schulmeister?«

»Gar nicht,« sagte sie ruhig und zog die Brauen hinauf. »Gar nicht, – warum auch? Vielleicht haben Sie so etwas nur noch nie erlebt – oder wissen nicht genau, daß es so ist.«

Er sah sie mißtrauisch an, aber ihre Augen verrieten nichts. Nur als er sich wegwandte, flackerte es wieder spöttisch darin.

Nach dem Essen schritten sie alle in Frau Annemaries Zimmer, wo die dunkelbraunen Möbel standen. Die Herren tranken ihren Kaffee und traten ungeduldig von einem Fuß auf den andern, während sie mit den Damen sprachen. Nur Osterloh hatte sich neben die Gräfin gesetzt und unterhielt sie über einen Krankenpflegerinnenkurs, der im Kreise abgehalten werden sollte.

»Ja, Eva hat ihn schon besucht. Ich halte darauf, daß meine Töchter beschäftigt sind. Gerade wir auf dem Lande, ohne die Zerstreuungen der Stadt, sind darauf angewiesen, eine Betätigung zu haben, jeder und jede von uns, – meine ich.«

Er sprach leise und mit schwebenden Handbewegungen und sah von einer Dame zur andern. Und alle nickten ihm zu, nur in Frau Annemaries Augen stand eine starre, gleichgültige Leere und dahinter, kaum kenntlich, die leis spottende Frage: Krankenpflegerinnenkurs? Ursula aber hörte gelangweilt dem jungen Trenck zu und sah aufs dunkle Haff hinaus. Nur als Osterloh mit stärkerer Betonung gesagt hatte: »Wir auf dem Lande –,« fuhr ihr Blick jäh herum und glitt voll Geringschätzung an seinem runden Kopf und seinem niederen Körper herunter und blieb eine Weile auf seinen breiten, kurzen Fingern liegen. Dann kehrte er zurück, fiel über Trencks glattes, hohes Gesicht und ging wieder in die späte Dämmerung hinaus, die über dem Haff lauerte.

Der alte Güstrow sagte laut, und es klang wie ein Signal: »Ich muß mich aber setzen gehn; solange kann ich nicht stehen bleiben.« Und er stapfte am Stock ins Rauchzimmer hinüber. Ihm folgte der alte Graf wortlos. Christian von Dohm sah sich im Zimmer um, und da Osterloh noch immer von der Notwendigkeit einer Betätigung, besonders hier auf dem stillen, einsamen Lande, sprach, schritt er leise wie ein Schatten durch die Tür und schloß sie hinter sich.

Ursula sagte kurz zum jungen Trenck: »Gehen Sie, man erwartet Sie zum Skat.« Er warf den Kopf ein wenig zurück: »O, es eilt doch nicht.« Aber sie schritt schon an ihm vorbei und trat in den Kreis der Damen. Ehe sie sich gesetzt hatte, war er im Rauchzimmer verschwunden. Sie blickte Osterloh an, als höre sie ihm zu, lauschte aber noch eine Weile auf die Stimmen, die aus dem Nebenraume herüberhallten, dachte bei sich: Klaus ist am klügsten gewesen und ausgekniffen, und mischte sich dann auch ins Gespräch ein, mit ihren knappen und spöttischen Sätzen, auf die Osterloh nur achselzuckend antwortete.

Klaus war indessen durch die hintere Tür, an den Mägdekammern und an der Küche vorbei, ins Freie getreten und machte ein paar Schritte im dunkeln Schatten der Mauer. Aus einem Fenster fiel roter Lampenschein in die Blätter des großen Kastanienbaums. Vom Speicher her, über den stillen, weiten Hof, kam das Hüpfen und hartnäckige Stampfen der Tanzmusik und manchmal, wenn die Töne leiser waren, ein zögerndes Schleifen. Eine kurze Weile dachte Klaus an die schwatzenden Damen und er sah die geduldigen Augen von Frau Annemarie, dann sprang er über den breiten Lichtstreifen auf den dunkeln Rasen und schritt eilig nach dem Speicher.

Um die Türe herum und auf der Schwelle standen ein paar Knechte. Er sah über ihre Schultern hinweg in das rötliche Licht der Papierlaternen. Die Luft war staubig und roch nach den Tannenästen, die von den Wänden und der Decke herabhingen.

Die Polacken tanzten. Lautlos sahen ihnen die Einheimischen zu. Sie tanzten, leise und schleppend zuerst, mit schlaffen Gliedern, als schliefen sie halb. Dann aber reckten sich die Mädchen, glitten in die Mitte des Raumes und drehten sich wiegend herum. Die Burschen stampften auf und umkreisten sie lauernd und lockend, rissen sie heftig an sich, hoben sie in die Arme und wirbelten davon. Mit Zuruf und Bewegung trieben sie die Musik an, sangen ihre Lieder dazu und klatschten in die Hände. Dann kam es wieder wie Ermattung über sie und dämpfte ihren Wirbel; die Mädchen glitten den Tänzern aus dem Arm und wandten sich hin und her, wiegend und schläfrig, das Haupt in den Nacken zurückgelegt, die Lieder halb geschlossen. Und wieder kreisten die Burschen um sie, die Hände vorgestreckt und mit den Sohlen ungeduldig die Diele stampfend.

»Wie warme Windstöße in einer Vorfrühlingsnacht –,« fuhr es Klaus durch den Sinn, während er aus weiten Augen in das rote Licht starrte. Beim nächsten Tanze tat er mit. Die alten Frauen längs den Wänden stupften sich in die Seiten und wiesen nach ihm hin. Und wenn er in die Reihen trat, reckten sie die Hälse. »Mit allen tanzt er,« sagten sie erstaunt. »Das ist eines Scharwerkers Marjell.« »So ist unser junger Herr,« lachte Peslack, der Schmied. »Eine Polnische gar!«, entrüstete sich des Kämmerers Frau.

»Wie heißt du?«, fragte Klaus im Tanze. Sie hob ihr Gesicht lachte mit offenen Lippen und schüttelte den Kopf. Dann begriff sie, und sagte: »Maruschka.« »So, Maruschka –,« wiederholte er. Sie warf wieder ihren Kopf zurück, daß ihr farbiges Tuch auf seine Hand fiel. Er faßte es mit zwei Fingern und hielt es fest. Da lachte sie und bog sich wie eine Aehre im Winde nach hinten, über seinen Arm herab und ließ sich ein paar Schritte so von ihm tragen. Als er sie los ließ, zog sie die rote Jacke wieder herunter und das Kopftuch über die Haare hinauf, knotete es fester und strich die schwarzen Strähnen darunter. Ein Polacke trat zu ihr und ergriff sie am Handgelenk, um sie in den Tanz zu ziehen. Sie riß sich los, atmete ein paarmal tief auf und schüttelte den Kopf. Als der Bursche weiterging, lachte sie Klaus zu und hob die Brauen, als wollte sie fragen: »Ists recht so?« Dann verschwand sie unter den Marjells.

Um elf Uhr zog der Kutscher von Korjäten den langen Timm vor die Tür heraus und sagte zu ihm: »Wenn er fahren will, so hilfst du mir geschwinde.« Dann gingen beide zum Herrenhaus hinüber. Der Kutscher trat in den Küchenflur, wo das Licht brannte und alles still war. Er rief: »Jochem –.« Irgendwo knackte eine Diele. Aber niemand antwortete. Da schritt er hinüber und klopfte laut an die Türe des Rauchzimmers. Die Stimmen brachen ab, jemand rief: »Herein,« und er klinkte auf.

»Gnädiger Herr, es ist angespannt.«

»Zum Teufel mit ihm. Was stört er? Sieht er denn nicht –?«

»Der gnädige Herr sagte, um elf Uhr –.«

»Hör er mal, Hagelstein. So lange ist er schon bei mir, ja, und immer ist es dieselbe Geschichte,« murrte der Graf vorwurfsvoll.

»Na ja, ich tu eben –,« und er zuckte die Achseln. Dann zog er die Türe hinter sich zu.

Als er die Küchentreppe hinunterstieg, sagte er ruhig zum langen Timm, der aus dem Schatten trat: »I wo –, solange ich schon beim Grafen bin, ist es immer dieselbe Geschichte.« Und sie gingen wieder zum Speicher hinüber.

Um Mitternacht wichen die Männer an der Türe zur Seite. Klaus bemerkte es, als er vorbeitanzte. Aber er sah nicht näher hin, und andere Paare glitten davor. Bei der nächsten Runde erblickte er Christian von Dohm auf der Schwelle und neben ihm Ursula, die Hand leicht in seinem Arm und mit spöttischen Augen herübergrüßend. In der nächsten Ecke ließ Klaus die Polnische stehen und ging den Wänden entlang zur Türe. Maruschka sah ihm überrascht nach, und ihre großen Augen wurden blank; da bemerkte sie Ursulas hohe Gestalt und trat geduckt zurück.

Christian von Dohm sagte nebenhin: »Man verabschiedet sich drüben.«

Ursula lachte: »Warum haben Sie mich nicht hierher mitgenommen? Glauben Sie, drüben war es kurzweilig? Sie haben kein Gefühl für andere Menschen.«

Christian von Dohm fragte leise: »Ja? Wollen wir?«

Ursula zog ihn rasch mit sich, Klaus blickte ihnen nach und dachte: Wie tanzt er noch gut; sonst ist er so schlaff –. Er fing ein Wort auf, das irgendwo neben ihm geflüstert wurde: »Als gnädige Frau, die –? Das wäre ihm wohl recht!« Eine leise Bitterkeit stieg in Klaus empor, er biß sich auf die Lippen und ging weg.

Im Flur des Herrenhauses verabschiedete Frau Annemarie ihre Gäste: »Es war uns eine große Freude; vielen Dank!«

Osterloh rief aus dem Wagen zurück: »Man kommt auch so gerne zu Ihnen! Ihr Heim ist so reizend, so – gemütlich.« Der lange Timm schmiß den Schlag zu, und half dem alten Grafen einsteigen.

Der junge Trenck gab Klaus kurz die Hand und fragte: »Gut amüsiert auf dem Speicher? Flauer Ersatz für Berlin!«

Dann fuhr der Wagen die dunkle Allee hinunter. Der alte Güstrow stampfte auf der Treppe: »Da läßt sie mich einfach warten, mitten in der Nacht.«

Frau Annemarie lächelte ihm von der Türe aus zu: »Wir beide müssen warten, bis die andern zu uns kommen!« und hob ihr schwarzes Stöcklein empor.

Er knurrte und sah sie still und groß an. Dann zog er nochmals den Hut: »Bleiben Sie nicht hier stehen, Frau Annemarie; es ist kühl,« und stieg ächzend in seinen Wagen. Sie schritt mit Klaus ins Zimmer.

Nach einer Weile kam Christian, ging einigemale an den Fenstern auf und ab und blieb am Spieltisch stehen. Als Frau Annemarie leise ins Zimmer trat, hob er den Kopf und kam auf sie zu. »Gute Nacht, meine Liebe«, sagte er und küßte sie auf die Stirne. »Du hast alles sehr geschmackvoll angeordnet, großartig –.«

Sie ging ebenso leise hinaus. Christian blieb stehen: »Klaus!«

»Ja,« sagte er gedehnt aus dem Nebenzimmer.

»Nicht wahr, Ursula ist ganz famos?«

»Famos, ja,« wiederholte Klaus und kam unter die Türe. Christian sah ihn mißtrauisch an.

»Warum hast du sie so vernachlässigt, den ganzen Abend?«

Klaus zuckte die Achseln. Er sah eine Weile vor sich hin und sagte dann plötzlich: »Gute Nacht.«

»Gute Nacht.«

Klaus schritt auf den Zehenspitzen über den Flur nach der Küche und trat hinaus. Er blickte am Haus hinaus, es war überall dunkel und still.

Vom Speicher her klang die Geige und lautes Lachen. Er schritt auf die Türe zu. Plötzlich griff aus dem Schatten eine Hand nach seinem Arm. Maruschka zog ihn heftig in den Kreis der Tanzenden. Einige Lichter waren erloschen. Er lachte laut auf und schrie durch allen Staub und das Stampfen dem Geiger zu: »Hei, schlaf nur nicht ein! Rascher, rascher!«

IV.

Die stumme Glut des Spätsommers erlosch und ließ das weite Land müde und dunkel zurück. Wolken zogen mit breiten, hängenden Schwingen übers Haff herauf und flatterten nieder über die Felder. Die Scholle lag braun, aufgerissen und zerwühlt da und glänzte in matter Nässe, den dunkeln Wald säumten weiße Birken mit hellgelbem, zitterndem Gezweig. Die Wellen rollten mit schaumigen Kämmen langsam von weit draußen heran und fielen dumpf und gebrochen auf den feuchten Sand. Tagelang stäubte leiser Regen herab, und die Abende schritten früh und fröstelnd über die aufgeweichten, menschenleeren Wege gegen das stille Haus und traten, den Finger auf der Lippe und horchend, in die großen Zimmer ein.

»Ich fahre heute Nachmittag nach Königsberg,« sagte Christian von Dohm und wandte sich vom Fenster weg. »Kommst du mit?«

Klaus hob langsam die Schultern und erwiderte: »Danke –, nein.« Dann ging er wieder hin und her, den Kopf ein wenig auf die Seite geneigt und die Hände auf dem Rücken.

Christian stieß hastig hervor: »Wer hält das aus? Es ist, als sollte man sich hinlegen und den Tod erwarten.«

Frau Annemarie trat herein und setzte sich in den Sessel, der in der Fensternische stand. Christian fuhr fort: »Ich habe auch Geschäfte zu besorgen. In diesen Tagen kann man hier draußen ja doch nicht arbeiten. Man kommt sich ganz unnötig vor. – Du magst nicht mitkommen?«

»Ich bin wirklich zu faul,« gab Klaus eintönig zurück und setzte, ohne aufzusehen, einen Fuß vor den andern auf den hellen Strich im Teppich.

Christian sah ihm eine Weile zu. »Wenn dir der Aufenthalt hier draußen nur nicht schlecht bekommt! Hast du dich so übersättigt in Berlin?« Und er ging zur Türe.

»Vielleicht –,« sagte Klaus gleichgültig und beugte sich langsam herum, um auf dem roten Strich zurückzuschreiten. Die Türe fiel ins Schloß und zitterte leise nach.

Als Klaus am Ende des Teppichs angekommen war, sagte er vor sich hin, mit einem raschen Blick auf Frau Annemarie, die ihren Arm aufs Fenstergesimse und das Kinn in die hohle Hand gelegt hatte: »Was soll ich jetzt nach der Stadt fahren? Wenn ich nicht Lust habe –?«

Die Frage verhallte langsam, als wüßte sie nicht, wohin sie sich wenden sollte.

»Es ist doch zu still,« sprach Frau Annemarie, ohne den Kopf vom Fenster wegzuwenden.

Klaus hielt mitten in einem Schritt inne, setzte den Fuß neben den Strich und hob den Kopf plötzlich empor: »Wie sagst du? Zu still? So hast du gesagt, du?«

»Für dich, ja,« sprach sie und drehte ihm jetzt das Antlitz zu. Er lachte und schritt weiter.

»Ja«, beharrte sie leise und fügte zögernd und zweifelnd bei: »Es ist nicht für alle – Gesunden –.«

Er machte eine unwillige Bewegung mit den Händen und schüttelte den Kopf. »Laßt mich doch. Ich bin wirklich zu faul; es ist nicht anders.«

Sie lachte. »Ja!«

Als er am andern Fenster stand, die Arme aufs Gesimse gestemmt und mit den Blicken einer herangleitenden Welle folgend, sagte Frau Annemarie: »Soviel ich weiß, hat vor drei Wochen das Wintersemester in Berlin begonnen.«

Er rührte sich nicht und erwiderte: »Auf diese Frage warte ich schon lange.«

»Es ist gar keine Frage.«

»– Doch. Wollt ihr mich wegschicken?«

»Junge!«, lachte sie. »Solange es dir hier gefällt, – Christian ist glücklich, dich zur Gesellschaft zu haben.«

»Wenn ich nur nicht so faul wäre,« trotzte er halb lachend, halb spöttisch zurück. Dann sah er zum Himmel hinauf, der dunkelgrau, voll langsam geschobener Wolken war. »Ich will ein wenig hinausgehen. Es wird bald Abend. Warte nicht auf mich mit dem Essen, bitte. Ich vergesse immer, meine Uhr mitzunehmen.«

Frau Annemarie nickte ihm zu, als er an ihr vorbei hinausging. Sie lächelte und wandte dann den Kopf wieder zum Fenster hin.

Später hörte sie den Wagen vorfahren; Christian trat herein, küßte sie und fragte: »Kann ich dir nichts besorgen?«

»Danke.«

»Wo ist Klaus?«

»Er ging weg.«

Christian schüttelte den Kopf. »Weißt du, warum er so ist?«

Sie schaute ihn fragend an.

»Nun, so schlapp? Das ist doch keine Haltung! Ein junger Mensch –. Wäre er mitgefahren!«

Die Tür klappte zu, und nach einer Weile knirschte der Kies unter den Rädern des Wagens.

Frau Annemarie hörte dem Geräusch zu, bis es ferne verklang. Nach einer Weile, als es im Hause ganz ruhig blieb, erhob sie sich, schritt langsam ins Eckzimmer, und setzte sich an den Flügel, der schräg an der Mauer stand, so daß sie, vom Spiele aufsehend, durch das Fenster in die alten Bäume der Allee und hinüber aufs graue Haff blicken konnte. Sie schlug ein paar Töne an, lauschte, wie sie in die Stille hinausflatterten und sich ängstlich im dämmernden Schatten des frühen Abends verirrten, holte sich dann die dunkelrot gebundenen Hefte vom Ständer und blätterte darin. Sie las mit leise geneigtem Kopf in den krausen Linien und bewegte manchmal die Hand leicht hin und her, als begleite sie die Musik. Und endlich spielte sie. –

Klaus schritt rüstig, mit hochgeschlagenem Kragen, die Hände in den Manteltaschen, über den glatten, nassen Feldweg, der dem Haff entlang nach dem Walde führte. Unter den Bäumen war der Boden trockener, der Fuß sank tief in die dürren Tannennadeln, und Klaus ging langsamer. Manchmal hob er den Kopf, wenn das Rauschen der Wellen stärker durch eine Pfadlichtung in den Wald hereindrang. Er wanderte immerzu, verließ das Gehölz und schritt über die Wiesen. Der Regen hatte aufgehört, durch die Wolken über dem Haff stieß ein fahler Schein und scheuchte die Dämmerung ein wenig zurück.

Der Pfad bog langsam zu einem dürren Gesträuch hinüber. Da lag der Fluß, breit, dunkel, ruhig, nur leise durch das Anrollen der Haffwogen bewegt. Klaus erkannte kaum, wo das andere Ufer begann; ferne hob sich eine Windmühle in die Luft, und weit hinten stand schwarz der Forst.

Klaus ging den Fluß hinauf. Er sah über die Wiesen hin und den Dingen entgegen, die aus der trüben Dämmerung in schwanken Umrissen auf ihn zutraten; er blieb manchmal stehen und lauschte lange nach allen Seiten, und die Stille griff mit feuchten Händen nach ihm. Er hörte seinen Herzschlag, und seine Stirn war heiß.

Unter seiner matten Gleichgültigkeit brannte eine Unruhe, die er nicht verstand. Er lachte auf: »Als ich Doris kennen lernte, war ich auch so. Aber seither, in allem lauten Leben, war Ruhe in mir. Nun, mitten in dieser Stille, kam es über mich wie Verliebtheit über einen Knaben!«

Er schritt rascher aus. Ein Hausgiebel ragte neben ihm aus dem Nebel auf, ein Hund schlug an, Holzschuhe stapften über den Flur zur Türe. »Hierher, hierher!«, schrie eine Stimme in die Dämmerung hinaus. Der Hund zog sich zum Haus zurück. Die Mädchenstimme fragte ängstlich: »Wer geht da draußen?«

»Leg doch den Hund an die Kette, wenn er bissig ist,« erwiderte Klaus in gereiztem Ton.

»Es geht in Wochen kaum jemand hier vorüber,« sagte das Mädchen. Als Klaus ein paar Schritte vom Haus weg war, fiel die Türe zu.

Dunkel schob es sich im Nebel heran, der Wald tauchte plötzlich auf, und der Weg bog hinein. Es begann wieder zu regnen, die Bäume rauschten auf, und Tropfen schlugen Klaus ins Gesicht. Er schritt in der Richtung auf Kampken zu. Nach einer Viertelstunde gelangte er auf den Feldweg und sah in der Ferne im letzten Schimmer des Abends die Mauern des Hauses am Wasser und die hohen, breiten Baumkronen daneben. Aus den Dorfhütten glommen rötliche Lichter, schwach und verloren in der regendurchpeitschten Dämmerung. Die Fenster des Herrenhauses waren dunkel.

Er ging über den Flur an den Mägdekammern vorbei und stieg die knackende Treppe zum Dachboden hinauf. Der Regen schlug an die Fenster, und der Wind stemmte sich zeitweilig breit dagegen. Klaus tastete sich an dem Balkenwerke und an alten, geschnitzten Truhen entlang nach seiner Stube hinüber, die unter dem andern Giebel lag.

Plötzlich blieb er stehen, die Hand am Eisenschloß einer hohen Truhe. Leise pochte der Regen, und von ferne, aus der Dunkelheit, zitterte ein singender Ton. Klaus hielt den Atem an und hörte eine kunstvoll verschlungene Weise, die auf und nieder schwebte und sich aus leiser Ermattung straff emporhob zu ein paar knappen, trotzig verklingenden Akkorden. Dann war es wieder eine Weile still, und ungestüm schlug der Wind ans Fenster und klapperte mit einem losen Ziegel.

Klaus tappte im Dunkeln weiter, öffnete seine Zimmertüre und trat hinein. Als er den Mantel auszog, schlug der Ton wieder an sein Ohr, lauter und näher. Mitten in seiner Bewegung hielt Klaus inne und lauschte. Dann legte er den Mantel behutsam auf einen Stuhl, beugte seinen Kopf zum Fußboden herab und ließ sich auf beide Kniee nieder. »Ich wußte ja gar nicht, daß sie spielt,« fuhr es ihm durch den Sinn. Sein Blut jagte heftig und jauchzte den Tönen entgegen, die er lange nicht mehr gehört hatte. Und immer wieder staunte er: »So spielt Annemarie? Die stille, kranke Frau –?« Er lauschte den herben, spröden Tongängen, die eigensinnig und doch gebunden heraufklangen; zuletzt legte er sich in seiner ganzen Länge auf den Boden und preßte sein Ohr gegen eine Ritze im Holz. »Wie schön –,« flüsterte er vor sich hin. Mitten in einer Fuge, die sich mächtig und kühn aufbaute wie ein roter Dom über wirre Giebeldächer, ballte er seine Hände und fuhr zitternd vor Erregung empor. Die Holzdiehle unter ihm knackte, und die Musik brach jäh ab. Stumm und lauschend stand die Dunkelheit im Zimmer, die Fenster schimmerten fahl.

Klaus lag noch eine Weile regungslos auf den Knieen und horchte; es blieb still. Eine Ahnung durchfuhr ihn: »Sie will nicht, daß man sie hört –.« Und ihm war, als hätte sich ein langverschwiegenes, tiefes Geheimnis vor ihm aufgetan. Eine leise Scham stieg in ihm auf, und vorsichtig, auf den Zehenspitzen, schlich er zum Tisch, steckte die Lampe an und setzte sich.

Er zog ein Buch herbei und versuchte zu lesen. Er stieß es wieder weg und legte den Kopf in beide Hände. Die Stille fing leise an zu klingen, und er lauschte gedankenlos zu.

Später ging er hinunter. Frau Annemarie hob ihr Gesicht, als er in den Lichtkreis der Lampe trat:»Ah, das ist schön, nun bist du doch zum Abendessen da.«

»Es regnete, da kehrte ich zurück.«

»So, es regnete?«, fragte sie.

Er lachte. »Hat es den ganzen Tag über etwas anderes getan?«

Sie erhob sich. »Du hast gewiß Hunger. Ich werde sehen, ob wir speisen können.« Und sie ging hinaus.

Klaus trat zum Flügel. Er war geschlossen und glänzte blank wie immer; die Notenhefte lagen geordnet auf dem Ständer. Alles stand so schweigsam und alltäglich umher, daß Klaus lächeln mußte.

Nach dem Abendbrot, als er bei Frau Annemarie saß, fragte er plötzlich:»Langweilst du dich nicht manchmal, wenn alle weg gehn und du so allein im großen Hause bleibst? – Ich dachte daran, als ich draußen war,« fügte er ablenkend hinzu und ärgerte sich schon über die Worte, die so plump in der Stille standen und an die dünne Wand eines Geheimnisses polterten.

Frau Annemarie sah ihn ruhig an:»Warum mich langweilen? Ich bin ja nie allein. Tausend Dinge stehen um mich, und dann das Haff – und der Regen – und gerade die Stille –.«

»Es ist wahr«, sagte er und blickte nieder. Er fühlte, wie sie ihn prüfend ansah, und wieder klang in ihm die Musik, die er erlauscht hatte. Er hob rasch den Kopf und sprach:»Ja, wie du spieltest! Ich ahnte es nicht –.«

»Also warst du oben?«, fragte sie und in ihr Gesicht stieg eine leise Röte. Sie fuhr sich flüchtig mit der schmalen Hand über die Stirne.

»Ja, – verzeih,« sagte Klaus und sah unsicher auf ihre Hände. »Ich dachte nicht, daß es dir unangenehm sei.«

Sie lächelte. »Aber nein, bitte –. Es ist eine dumme Scheu, – ich habe nie vor Menschen gespielt. Christian hat mich nie gehört. Es ist eigentlich wirklich dumm, aber man gewöhnt sich so was an, hier draußen, ohne zu wollen.«

»Wirst du nicht einmal spielen, wenn ich da bin?« bat er. »Ich liebe Bach so sehr. Ja, wirst du?«

Sie schüttelte leise den Kopf. »Ich glaube nicht. Es wäre das erstemal.«

Da beharrte er nicht weiter darauf. Sie sprachen von andern Dingen, gleichgültig und beide nach den Melodien lauschend, die in ihnen klangen. Und wenn ein Windstoß ans Fenster fuhr und die Wellen stärker klatschten, sahen sie beide langsam hinüber in die Dunkelheit und blickten sich, wenn sie die Köpfe zurückwandten, unsicher und flüchtig in die Augen.

Als Frau Annemarie sich erhob und ihm gute Nacht bot, beugte er sich tief über ihre Hand und küßte sie. Mit zaghafter Stimme sagte er: »Meine Faulheit hat mich heute sehr glücklich gemacht.« Sie lachte und warf dabei den Kopf ein wenig zurück: »Das hättest du in Königsberg besser haben können, ein Konzert!« Er zuckte mit den Schultern und sah ihr nach, bis sie zur Türe hinausgeschritten war. Dann riß er das Fenster auf und lauschte in den Wind, der auf den Wellen heranritt und wie ein schnaubendes Tier an den trotzigen Ecken des Hauses hinaufsprang.

Der Regen hatte nachgelassen, und Klaus ging leise über den durchnäßten Boden zum Strand hinab. Die Wogen kamen mit gekrümmten Rücken bis an seine Füße heran und warfen von ihrem Nacken mattschimmernde Ketten und Geschmeide vor ihn hin. Er schritt darüber hinweg und sah von Zeit zu Zeit über die dunkle, unruhig aufschäumende Flut hin. Und aus allem heraus klang ihm ein gewaltiger, eigensinniger und doch seltsam gefesselter Gesang, in den sein Blut jauchzend miteinstimmte. Sein Mund sprach laut, und die jagenden Lüfte trugen die Worte weithin:

»Land, Land, einsames Land am Haff, – ich liebe dich, ich liebe dich.«

Tagelang wanderte Klaus durch das herbstgraue Land. Die Leute im Dorf sahen ihm erstaunt nach, wenn er mit seinen langen Schritten vom Herrenhaus her über den Hof ging und in die nassen, tief ausgefahrenen Feldwege bog oder wenn er, den Kopf leicht gebeugt und die Hände in den Taschen, Abends vom Walde herüber kam, quer über die Felder und an ihren Hütten vorbei, und die kläffenden Hunde mit beschwichtigenden Worten anrief. Einmal sah ihn Timm, der nach Korjäten geschickt worden war, unbeweglich auf dem Damm stehen; er erkannte von ferne seine hohe Gestalt durch den Nachmittagsnebel, der schon über den Feldern aufstieg. Und als der Kutscher in der Dämmerung heimkehrte und, da er keine Laterne bei sich hatte, den Weg über den Strandwall ging, fuhr er plötzlich zusammen: zwei Schritte vor ihm hob sich hoch ins Dunkle ein starrer, regloser Schatten, an der gleichen Stelle, wo Nachmittags der junge Herr gestanden und übers Haff geschaut hatte, und in der gleichen Stellung, den Kopf lauschend vorgestreckt. Timm ging ein paar Schritte auf dem Sande zurück, und da ein starker Wind im Haff wühlte, überbrüllten die Wellen das Knirschen unter seinen Stiefeln; dann kroch er den Damm hinunter und stolperte feldeinwärts den rötlichen Lichtern zu, die aus den Fenstern des Dorfes herüberglommen.

»Was hast du nur?«, fragte ihn seine Frau, die krank im Bette lag, als er noch spät bei der Ampel hockte und vor sich hin döste. Er fuhr auf: »Gesehen habe ich einen, auf dem Damm drüben –.« Sie ächzte: »Was so einer nicht alles sieht!« Er stand schwer auf: »Gerade wie vor Jahren, als das Haff den Wall brach, im Spätherbst. Rings ums Haus herum liefen die Wasser. Da hat ihn der Druske auch gesehen.« Die Frau stöhnte und drehte sich zur Wand.

Am andern Morgen erzählte er sein Gesicht dem alten Druske. Dieser sah ihn schräg an und forschte: »So stand er da und sturte hinaus?« »Ja,« nickte Timm. Der Alte senkte den Kopf.

»Wer nicht schläft in diesen Nächten, der kann auch was hören – .«

Erschrocken hob Timm die Augen. Der alte Druske fuhr mit der klobigen Hand in der Luft hin und her. »Es geht was vor, es geht was vor. Der Wagen fährt wieder, dreimal habe ich ihn gehört.«

»Der Wagen? Ohne die Rosse davor?«

»Ja, der Wagen vom alten gnädigen Herrn. Dort drüben, auf dem Feldweg nach Taktau, kommt er aus dem Wald, man hört ihn klappern. Aber bei der Allee gehts schon nicht mehr; als läge die Straße voll Löcher und Steine, so holpert er und sinkt ein und rumpelt zum Haus hinab. Ganz langsam fährt er vor, ich sah ihn bei der weißen Wand; es war fast Vollmond vor zwei Nächten. Die alte Karosse ists, mit dem hohen Dach, und die nackte Deichsel vor.«

Timm sagte langsam, nachdenklich: »Die Kutsche hat doch der gnädige Herr, der jetzige, vom Stellmacher auseinandernehmen lassen –?«

»Wo sind die Stücke hingekommen?«, fragte der alte Druske und lauerte aus seinen Augenwinkeln. Timm zuckte die Achseln. Der Alte schüttelte langsam den Kopf: »Das findet sich wieder zusammen, man mags vernageln und vernieten, wohin man will. Wenn der alte, gnädige Herr eben herkommen und nach Taktau fahren muß, so ist die alte Karosse auch noch da. Das findet sich immer wieder zusammen. Es geht was vor.« –

Klaus wanderte und sah den letzten verblassenden Farben zu und lauschte auf die leisen, sterbenden Geräusche, und je stiller und grauer das Land wurde, umso tiefer tat sich ihm seine große Schönheit auf. Wie eine Frau, die nach langem Zaudern Geschmeide und Gewand von sich legt –.

Die breiten Flüsse stiegen und rannen über die flachen Ufer in die Wiesen und tief in die dunkeln Wälder hinein. Sie legten ihre Fluten zwischen die einsamen Häuser und schimmerten weithin in den Nächten, wenn der Haffwind über sie strich und der helle Mond aus den eilenden, milchweißen Wolken brach. Und dunkle Segel glitten langsam über sie hin, Kähne, hoch mit Heuhocken befrachtet, und legten bei den Schwellen der Häuser an. In der Ferne stieg der Damm aus dem Wasser empor, und dahinter furchten sich schaumig und grau die Haffwogen, bis weit in den trüben Himmel hinaus.

Frau Annemarie sah Klaus mit ruhigen Augen an, wenn er, er-
zwungen gleichgültig und doch voll jagender Unruhe, in ihr Zimmer trat und lässig bei ihrer Fensternische stehen blieb. Er lehnte
seinen Arm an die Mauerkante und den Kopf in die Hand. Ueber
die braunen Haare von Frau Annemarie hinweg glitten seine Blicke
aufs Haff hinaus und hoben sich langsam zu den Wolken, die bald
schwer und widerwillig herauskrochen, bald wie hurtige Stoßvögel
im Winde vor dem blassen Himmel segelten. Und dann begann er
stets: »Ich könnte noch ein paar Schritte draußen gehen –.« Frau
Annemarie nickte. Seine ungelenke Art machte ihr innerlich Freude.
Und an seinen Augen las sie die Wunder ab, die ihm das stille, weite Land offenbarte. Nur seine Unruhe, und daß er sie nicht erkannte
und ihrer Herr wurde, brachte der kranken Frau leisen Kummer. Sie
fühlte tausendfach, was in ihrem Umkreis zitterte: das Haff, die
breitwipfligen Bäume des Parkes, die alten Mauern des Wasser-
schlosses manchmal, die Menschen –.

Klaus schritt dann still aus ihrem Zimmer, und eine Weile später
hörte sie die große Türe ins Schloß fallen und seine Schritte auf den
drei Stufen. Sie lehnte sich in ihren geschnitzten, dunkeln Stuhl
zurück und sah aus ihren großen Augen in das Zimmer. Sie liebte
es, dem langsamen Schwinden des Lichts zuzuschauen, und sie
grüßte jeden Schatten wie einen alten Freund, von dem sie wußte,
woher er kam. Sie lauschte zugleich und vernahm es, wie der
Abend scheu herantrat und mit weichen Händen über die Dinge
fuhr.

Erst hing er wie seine Schleier über den Aeckern und Wiesen und
spann sich leise in die kahlen, zum Himmel gereckten Aeste der
alten Parkbäume. Er glitt an den rissigen und an den bemoosten
Stämmen hernieder zur Erde und trat behutsam, zagen Fußes auf
den weißen Kies der Allee. Er tat ein paar Schritte, ohne daß es unter seinen Sohlen knirschte, und sah dann weit übers Haff hinaus.
Dort fuhr dunkel, schattenhaft ein breites Segel in die dämmerigen
Wellen hinein, die schräg heranrollten, dumpf und in langen Ketten. Er ging dann einigemale vor den Mauern des Herrenhauses auf
und ab, wie ein Wanderer, der nicht an die Türe zu klopfen wagt, –
und stand plötzlich bei den hohen, braunen Stühlen, auf die Frau
Annemarie schon eine Weile blickte. Auf dem Flur und in den Gän-
gen war es dunkel; dort hatte er sich rasch vorwärtsgetastet.

Nun ruhte er sich erst ein paar Atemzüge lang aus, auf die Armlehne des Sessels gestützt, und glitt dann lautlos in die Ecke. Das rote Gewand und der blasse Hals auf dem Gemälde an der Wand erloschen wie ein Licht, das man zertritt, und von der Decke senkte es sich schleierwallend herab. Vom Wasser bäumte sich, zum Tode matt, ein letzter Schein empor und schloß die Augen vor den stumm erhobenen Händen der hüllenden Dämmerung, die leise, im Wiegegange eines Abendliedes, wieder aus dem Gemache schritt. Und hinter ihr traten hohe Schatten aus den Wänden und stellten sich, einer mit dem andern die Arme verschränkt, als stille Wehr vor die mattblinkenden Schlösser an den alten Truhen und vor die Rahmen, die wie glutendes Feuer um dunkle rissige Bilder liefen. Und in der Täfelung knackte es irgendwo, als hätte der Knöchel einer tastenden Hand dagegen gestoßen.

So lauschte allabendlich Frau Annemarie dem Heranschreiten der Dämmerung und sah wie einem Spiel dem Treiben der wachsenden Schatten zu. Tiefe Ruhe kam in sie und klingende, wiegende Weisen, die lange nachhallten und nicht ausschwingen wollten.

Unterdessen beschlich Klaus die verschwiegenen Wunder des Eindämmerns draußen im stillen Lande, mit der geduldigen und leidenschaftlich hingegebenen Inbrunst des Jägers, der Abend für Abend der Fährte seines Wildes nachgeht. Er sah das Licht sterben über den weiten Wassern des Haffs; er sah die Nebel sich aus den Wiesen heben und sah sie leise vor den starren, wehrenden Wäldern hinziehen, als suchten sie Zuflucht unter den tief herabhängenden Aesten; er sah die Schatten wie langsame Segel über die stillen Flüsse gleiten, und unter ihnen dunkelte das Wasser in fliehenden Kreisen und rauschte in das Schilf hinein; er sah, wie die Nacht mit riesigen Heerhaufen über die geraden Straßen zog und die einsamen Häuser umgab mit lautlos ausgestellten Wachen, und immer dichter drang sie heran, dort, wo der Weg sich aus dem Walde wand, und schwarze Banner flatterten über den endlosen Zügen. Das Land ergab sich müde aus halbhellen Tagen in die dunkeln Herbstnächte.

Er kam von den langen, geraden Gräben des Moosbruches zurück, in deren braunem, tiefem Wasser sich die geballten Wolken und die Giebelhölzer der Häuser spiegelten. Er war im Kahn weit

hineingefahren in die überschwemmten Wiesen und die versumpf-
ten Wälder, wo sich das Gezweig über dem Graben verschlungen
zu dichtem Dach und wo er sich mit der Bootsstange von Strunk zu
Strunk weitergeschoben hatte. Ein paar Kähne, hoch mit Heu bela-
den, waren ihm entgegen gekommen und lautlos an ihm vorbei
geglitten; junge Frauen und Mädchen hatten eine Weile die Stangen
aus dem Wasser gehoben und ihm still nachgeschaut. Sie waren den
ganzen Tag unterwegs, vom Haff den Strom hinauf und durch die
Moosbruchgräben hinein bis zu ihren Hütten, und kein Kahn war
ihnen begegnet. Wer nicht fahren muß in den nebelnassen Herbst-
tagen, liegt unter dem Strohdach; ihnen aber war das Heu auf den
Holzgestellen über den Wiesen vom Hochwasser fortgeschwemmt
worden, darum hatten sie beim Krüger in Gilge neues kaufen müssen. Viel bares Geld war auf den Schanktisch gezählt worden.

Als Klaus unter den letzten Bäumen des Waldes durchfuhr, – wie
ein Tor tat es sich gegen den abendlichen Himmel auf, – stieß ihm
ein scharfer Wind entgegen und drückte seinen Kahn zur Seite. Der
Moorgraben war voll hüpfender Wellen, und über die Wasserwie-
sen fuhren zitternde Schauer, allenthalben, soweit er sah. Er stieß
die Stange in den Damm, stemmte sich gegen sie und trieb das Boot
langsam vorwärts. Der Wind krallte sich kalt in seine Finger, die
bald steif um die Stange lagen, und er wich kaum von der Stelle.
Nur zaudernd glitt der Wald zurück und sank ins Dunkle. Aech-
zend arbeitete sich Klaus weiter, und bei jedem Ausatmen legte sich
der Wind breit gegen die schräge Bordkante und drängte ihn jauchzend wieder zurück.

Von Ferne durch den Dämmernebel zitterte ein Licht, flackerig
und mit dumpfem Schein. Klaus hielt stetig darauf zu und kam ihm
langsam näher. Feuchte Fenster schimmerten auf. Klaus band seinen Kahn an einem Pflocke fest und trat ans Land. »Holla, Krüger!«
schrie er, indem er in der Dunkelheit seine Arme um den Körper
schlug und mit den erstarrten Füßen den Boden stampfte.

Die Tür wurde aufgerissen, und Jakobeit erschien auf der Schwelle. »Wer ruft?«

»Ich bin zurück,« sagte Klaus und trat ins Licht. »Das Boot liegt
an der Kette.« Er stieg die paar Stufen hinauf und schritt in die Stube. Eine dumpfe, heiße Luft legte sich um seinen Kopf.

Der Krüger lachte. »Es bremste wohl ein wenig, vom Walde bis hierher? Der Wind ist umgesprungen, die Nacht wird weiß.« Er schenkte hinter dem Tisch zwei Gläser Branntwein ein und nickte Klaus zu. Sie tranken, und Klaus stopfte seine Pfeife.

Die Tür schellte, ein Kind drückte sich herein und trat zum Tisch.

»Sieh mal an, die Kleine kommt so spät noch durch Nacht und Sturm gelaufen?«, lachte der Krüger. Das Mädchen hob sich auf die Zehen und legt das Geld in Jakobeits breite, braune Hand. »Für soviel Salz,« sagte es und schob dann das wollene Kopftuch, das ihm der Wind tief in die Stirne geschlagen, wieder zurück. Helle Haare ringelten sich darunter hervor; es strich sie auch zurück und sah sich dann nach Klaus um, der rauchend auf einem Fasse saß und die Hände um die warme Pfeife hielt.

Das Kind lachte und blickte ihn aus seinen wasserblanken Augen groß an. Er fragte: »Komm ich dir so lustig vor?« Es nickte.

Der Krüger sagte, während er das Salz abwog: »Es ist die Aschmoneitsche, vom Damm. Sie läuft eine Viertelstunde bis hierher, gegen den Wind wirds nochmal soviel werden. Wenn er dich man bloß nicht in den Graben fegt, Strohhalm! Sieh auch gut nach dem Weg, hörst du?«

Sie lachte. »Ich werds schon finden. Und laufen will ich, die Mutter wartet ja.«

»Sie liegt seit Wochen krank,« sagte Jakobeit zu Klaus hinüber. »Wo ist der Vater?«

»Holz treken,« erwiderte sie und wickelte das Salzpäcklein fest ins umgebundene Tuch ein. Dann stapfte sie zur Türe.

»Wart mal,« rief ihr Klaus nach, »wir haben den gleichen Weg.« Er ging hinter ihr hinaus, und Jakobeit sah ihnen von der Schwelle aus nach. Sie waren sofort von der Dunkelheit verschluckt.

Die Kleine ging auf dem Dammweg voraus. Jäh schlug ihr, als sie um die Hausecke trat, der Wind ins Gesicht, und sie legte sich mit vorgebeugtem Kopf dagegen. Klaus nahm sie stark in seinen rechten Arm und schlug seine Jacke um ihre schmalen Achseln. Sie schmiegte sich an ihn und klapperte mit ihren Holzschuhen neben seinen langen Schritten her. Einmal wollte sie reden, aber der Wind packte ihr schwaches Stimmlein und riß es ihr vom Munde weg in Stücke. Klaus schrie: »Halt dich fest, sonst fliegst du davon.« Sie lachte, er spürte das Schütteln ihres Kopfes an seiner Hüfte.

Ein niederer Giebel tauchte im Dunkel auf. Sie hielt an und wickelte sich aus seiner Jacke. »Sind wir schon da?«, fragte Klaus.

»Ja,« nickte sie und reichte ihm die Hand. »Ich danke dir. Es war wie im Heukahn, so weich und warm. Gute Nacht.«

»Wie heißt du eigentlich, kleine Marjell?«, fragte Klaus und nahm ihren Kopf zwischen seine Hände.

»Annemarie –, weißt du das nicht?«, staunte sie aus ihren wasserblanken Augen zu ihm hinauf.

Er ließ sie langsam fahren. »Doch, natürlich weiß ich es –!« Und er sah ihr nach, wie sie eilig die Türe aufstieß und in dem matterleuchteten Raum verschwand.

Klaus ging auf dem Damm weiter, und seine Gedanken waren noch eine Weile bei der schmalen, kleinen Marjell, die Annemarie hieß, Annemarie Aschmoneit, und die lachend unter seine dicke Jacke gekrochen war. Und eine unruhige Freude kam über ihn; er machte noch längere Schritte, die Schultern tief gegen den Wind gepreßt, mit den Augen scharf in die Nacht spähend, ob das stille Haus am Haff noch nicht zu erblicken sei. Plötzlich ließ der Wind nach, und Klaus stolperte beinahe vornüber. Der Wald stieg dunkel vor ihm auf, die hohen Stämme knarrten und die Aeste klapperten prasselnd aneinander. Klaus begann zu laufen. Ehe er auf den Feldweg trat und als er schon ferne die Lichter wie rote Punkte glimmen sah, stand er eine Weile still, um Atem zu schöpfen. Dann stieß er auf dem offenen Felde von neuem gegen den Wind an. »Sie spielt, ich weiß es sicher,« rief er laut in die wirbelnde, aufbrausende Luft. Als er in den Flur trat, schwer atmend und mit nasser, heißer Stirn, hörte er die Töne von fern durch die Zimmer hallen. Er ging leise über die Wendeltreppe in seine Giebelkammer empor.

Es war seit jenem Abend, als er sie beim Spiel überrascht hatte, wie ein stilles Abkommen zwischen ihnen. Frau Annemarie wußte, daß Klaus ihr oft lauschte, wenn er regennaß und windmüde von seinen Wanderungen heimkehrte. Sie hörte auch manchmal über sich eine Diele knacken, mitten in ihre herben, stahlhart klingenden

Fugen hinein, und dann gingen ihre Finger wohl während ein paar Takten nur zaudernd weiter, aber sie brach das Spiel nicht mehr ab wie an jenem ersten Abend; sie lächelte und ließ die leise Röte, die ihr ins Gesicht stieg, wieder verfliegen. Nie kam Klaus zum Abendbrot aus seiner Giebelkammer herunter, ehe sie den Flügel geschlossen und sich in ihren hohen Stuhl gesetzt hatte, ein wenig vom Licht der Lampe entfernt, in den halbdunkeln Schatten.

Als Klaus an diesem Abend ins Zimmer trat, das Gesicht vom Winde noch heiß und prickelnde Wärme in den entstarrten Fingern, erwiderte sie fröhlich seinen Gruß und wies mit der Hand auf einen Sessel. Er setzte sich.

»Darf ich rauchen?«, fragte er und sah sie zögernd an.

»Ich habe es dir schon gesagt, ich liebe es selbst. Du bist dann ruhiger.«

Er zündete sich eine Zigarette an und begann von seiner Fahrt zu erzählen, nicht ausführlich und fließend, sondern in abgerissenen, nachdenklichen Worten; manchmal sprach eine Bewegung für das, was er stockend verschwieg. Er sah sie nicht an, nur hin und wieder warf er einen Blick auf ihr Gesicht, das aus dem Dunkel schimmerte. Er zählte die Dörfer auf, durch die er gewandert war, und erklärte, wo er durchgefahren sei. Sie hörte zu, ohne ihn zu unterbrechen. Nur einmal fragte sie: »Es war starker Wind?«

»Als ich aus dem Walde fuhr, vor Sussemilken. Da war auch schon Nacht.«

Dann erzählte er, wie er mit der Aschmoneitschen Marjell, der schmalen, die ihm mit dem hellen Ringelhaar bis wenig über die Hüfte reichte, auf dem Damm gegen den Sturm gelaufen sei, wie sie ihren Kopf unter seine Jacke gesteckt und in der Wärme in einem fort gelacht habe; und wie aus verwunderten Augen ihn gefragt, ob er denn nicht wüßte, daß sie Annemarie heiße.

Rasch sah er zu ihr hinüber, die ruhig den Blick zurückgab. Ihr Mund lächelte.

»Dazu kommt einer von Berlin her, mitten aus seinen ernsthaften Studien, um mit einer Marjell, die kaum zur Schule geht, in einbrechender Nacht über den Damm gegen den Wind um die Wette zu laufen!«

»Ja, soweit hab ichs gebracht,« gab er zu und ließ in lachender Verzweiflung die Arme über die Lehnen des Sessels fallen. Und seine Gedanken gingen eine Weile nach der großen Stadt zurück, in das laute, alte Leben, das so tief, tief versunken war. Gedämpft klang es nur zu ihm heran; die weite Stille des Landes lag zwischen ihm und den fernen Tagen.

Frau Annemarie sagte leise: »Hörst du?«

»Wie?«, und er sah sie groß an. Habe ich richtig verstanden?, fuhr es ihm blitzschnell, ehe Frau Annemarie ihre Worte wiederholte, durch den Sinn.

»Meine Freundin Doris wird in vierzehn Tagen in unsere Einsamkeit kommen. Es ist ja Herbst und sie ist nun nach Danzig zurückgekehrt. Hast du mir nicht schon davon gesprochen, als du ankamst, am ersten Abend?«

»Ja, ja,« sagte er rasch und erhob sich. Er trat ans Fenster und sah aufs Haff hinaus. Er preßte die Stirn an die Wand der Nische und krampfte die Finger um den kühlen Fensterriegel. Es schneite dicht, in kleinen Flocken.

Frau Annemarie drehte leise den Kopf und sah ihm lächelnd zu. Als er sich aber nach einer Weil wieder umwandte, trat ein großes Staunen in ihre Augen; denn sein Gesicht zuckte, und er ging wieder ruhelos auf und nieder, von einer Zimmerecke zur andern, die Füße beharrlich auf die hellen und dunkeln Streifen im Teppich setzend. Sie sprachen lange kein Wort, später redeten sie von gleichgültigen Dingen.

V.

Als Frau Annemarie ihrem Manne den Besuch ankündigte, sah er sie erstaunt an und sagte dann: »So. – Seit Jahren, ja schon seitdem du hier lebst, habe ich dir je und je vorgeschlagen, du möchtest doch mal jemand einladen, eine Freundin vielleicht, irgend einen Menschen, der dir nahe steht. Du hast es immer hinausgeschoben, immer lag dir etwas im Wege. Jahr für Jahr sprach ich umsonst. Erinnerst du dich?«

Sie schwieg. Seine Worte verklangen vorwurfsvoll in der Stille. »In den letzten Jahren ließ ich es dann bleiben; man mag nicht immer gute Räte geben, wenn sie in den Wind geschlagen werden. Nun ja, mich soll es freuen, wenn du dich ein wenig erheiterst. Nötig hast du's schon, Liebste.« Er neigte sich leicht über ihren Stuhl hinab. Dann schritt er wieder durchs Zimmer.

»Wen hast du dir hergebeten? Ich hörte den Namen nicht recht.«

Frau Annemarie wiederholte ihn und fügte hinzu: »Du weißt doch, Doris Körte, aus Danzig. Wir standen sehr gut zusammen. An unserer Hochzeit sah ich sie zuletzt.«

Er blickte nachsinnend an ihr vorbei. »Doris Körte –.« Und dann, sich plötzlich erinnernd: »Doris Körte, sie lebt in Berlin? Malt?«

Frau Annemarie hob erstaunt den Kopf. »Ja,« sagte sie und wollte etwas fragen. Er aber lachte und spitzte den Mund. »Oho!«

»Wie?« Ihr Ton klang gespannt, spröde.

»Ein Komplott?«, spöttelte er.

Sie schwieg eine Weile. Es wurde ihr klar: Klaus hatte auch ihm einmal von Doris erzählt, es konnte nicht anders sein. Aber sie wunderte sich doch und glaubte es kaum. Und es war ihr peinlich, fast, als hätte Christian ihre eigenen Gedanken hervorgezerrt. Aber eigentlich ging es sie ja nichts an, ob Klaus auch zu ihm von Doris gesprochen hatte.

»Nein,« sagte sie ruhig. »Kein Komplott. Ich lud Doris ein, Klaus hatte keine Ahnung davon.«

Er hob den Finger und machte ein ungläubiges Gesicht. »Bei euch Frauen ist man nie sicher!«

Sie sah ihn ruhig an. Sie zog die Mundwinkel nicht herunter, so wenig wie sie jemals, wenn sie vor Schmerzen sich kaum aufrecht halten konnte, etwas davon in ihren Zügen merken ließ; es zog sich ihr in solchen Augenblicken nur die Kehle ein wenig zusammen, wie von einer leichten Trockenheit. Und sie sagte, leise lächelnd:

»Ihr Männer seid ja so klug, – was kann man vor euch verbergen?«

»Na ja!«, lachte er heraus und sah sie stolz an. »Da haben wirs also. – Liebste, du verwöhnst den Jungen, den Klaus. Schon früher, als er jeweilen von der Schule herauskam. Aber jetzt erst recht. Ich hätte nie geglaubt, daß er hier so lange aushalten würde. Ich weiß auch nicht warum. Was er hier nur hat? – Ich sehe ihn ja selten genug, höchstens bei Tisch!«

»Ich sehe ihn nicht viel öfter,« sagte sie ruhig.

Er schüttelte den Kopf. »Seltsam. Ich sage ihm nichts. Und seine Studien, – die gehen mich nichts an. Meinetwegen mag er jahrelang hier bleiben. – Also, wann kommt sie, deine Freundin?«

»Morgen.«

»Schön. Ich freue mich wirklich.« Und er ging in sein Zimmer.

Frau Annemarie blieb noch eine Weile in ihrem Stuhl am Fenster sitzen. Sie kam wieder auf den Gedanken zurück, was Klaus wohl ihrem Mann erzählt habe, und ihre Verwunderung wich nicht. Und flüchtig, wie der Schatten einer schnell jagenden Wolke, den man kaum über die Wiesen gleiten sieht, fuhr es ihr durch den Sinn: absagen? Aber sie verwarf den Gedanken wieder. Und alles blieb ihr unklar, voll Widerspruch und dunkler Verworrenheit. Sie zog leise die Hände zurück. –

An diesem Nachmittag, als Christian das Haus verlassen hatte und über den Hof nach den Stallungen ging, schritt sie zu ihrem Flügel und legte die Hand aufs schwarzglänzende Holz. Aber sie öffnete ihn nicht, sondern blieb eine Weile sinnend davor stehen. Dann ging sie langsam zurück. Sie spielte nicht.

Klaus saß oben in seiner Giebelstube, die Arme lässig um die Kniee geschlungen, und lauschte in die Stille. Er hatte Christian aus dem Flur treten hören, die Türe war schwer ins Schloß gefallen, sein Schritt auf dem Schnee gedämpft verhallt.

Nun wurde er unruhig, sah nach der Uhr, trat ans Fenster und blickte hinaus. Schnee lag auf den Aesten, schimmernd auf den weiten Feldern. Sein Licht stemmte sich leise, schmerzlich der Dämmerung entgegen, die unsicher umging und nicht wußte, wo sie auf die weglose Ebene heraustreten sollte; sie irrte spähend am dunkeln Waldrand hin und her und macht bald da, bald dort, an den Birken nun und jetzt am Dornenhag ein paar rasche Schritte ins helle Feld hinaus und trat frierend wieder unter die schützenden Bäume zurück. Unterdessen glitten vom Haff her schwankende Schatten auf den Strand und winkten nach dem Wald hinüber. Aber noch lange lagen die Felder blank schimmernd zwischen dem grauen Wasser und den dämmerdunkeln Tannen.

Da drehte sich Klaus heftig um, ging durchs Zimmer hinaus auf den Flur und stieg die Wendeltreppe hinab.

»Warum spielst du heute nicht?« Er blieb vor Frau Annemarie stehen, die Brauen leicht zusammengezogen.

Sie sah zu ihm auf, fragend, fast lächelnd über seine ungebärdige Bewegung.

Er fuhr leiser, bittender fort: »Du weißt ja, nur noch zwei Abende. Später spielst du doch nie mehr, wenn Doris da ist.«

Sie senkte den Kopf und zog langsam einen Faden roher Seide durch die Finger. »Aber Doris wird spielen,« sagte sie.

Er kehrte sich um und ging zur Türe hinaus. Frau Annemarie sah ihm nach, sie blickte auf das dunkle Holz, bis seine Schritte auf den Treppenstufen vor dem Haus klangen und es dann wieder stille war.

Christian von Dohm wunderte sich, als Klaus nicht zum Abendessen erschien.

»Ich kann es mir eigentlich gar nicht sagen, woher er dies hat. Es ist doch eine Schwäche, sich so schlampig gehen zu lassen. Wir Dohms –, das war früher anders. Wir packten zu, wo es uns gefiel.

Dieses unentschlossene, schmachtende Gebahren –, wozu sich schämen, wenn man den Teufel in sich hat? Das ist doch nichts für uns! Wie Liebste?«

Sie sah ihn ruhig an.

Er sagte: »Ich meinte nur so. Nimm es mir nicht übel. Aber man kann doch auftreten, meine ich. – Ich liebe die Umwege nicht.« Er sagte es mit der ganzen Ueberzeugung in seiner männlichen, lauten Stimme und sah sie bekräftigend an. Als sie nichts erwiderte, zuckte er die Achseln und aß still weiter.

Gegen Mitternacht trat Klaus mit dem alten Druske und Timm, dem jungen Kutscher, aus dem Dorfkrug. Sie stampften durch den Schnee nach den Hütten, die mit dunkeln Dächern in den Gärten lagen.

»In einem alten Briefe, was mir der gnädige Herr selig mal vorgelesen hat, steht es aufgeschrieben, daß wir immer auf Kampken gesessen haben, seit die Dohms drunten im Wasserschloß hausen,« versicherte der alte Druske und schwang die Hände. »Wir sind nicht so wie die andern, wie ihr, Timm; hörst du?«

Er blieb stehen und faßte den Kutscher an den Schultern. »Ihr seid hergezogen, von dort und von anderswoher, aber wir sind immer dagewesen, wie die Herrschaft, weiß Gott wie lange.« Seine Zunge stolperte zwischenhinein auf eigenen Wegen. Klaus zog ihn am Arm auf die Straße zurück; sie waren im Schnee vom Weg aufs Feld geraten.

»Immer waren wir hier,« rief er laut.

Klaus nickte und zog ihn weiter. Mitten im Dorf blieb der Alte plötzlich wieder stehen, starrte die Straße hinunter und reckte den Arm. Klaus und Timm blickten über die Zäune und den Schnee nach den Parkbäumen.

»Habt ihr sie gesehen?«, flüsterte der Alte.

»Komm und laß das Geschwätz,« drängte Timm. »Mir frieren die Füße im Schnee fest. Was kiekst du so stur?«

»Habt ihr sie denn nicht gesehen?«, wiederholte er und ließ den zitternden Arm langsam sinken. »Da war sie wieder, die alte Karosse. Gerumpelt hat sie, und sind doch alle Löcher im Weg zugeschneit. Junger Herr, was soll auch werden?«

Er schüttelte den Kopf mit der hohen Pelzkappe, unter der die weißen Strähnen hervorhingen.

Klaus tat ein paar Schritte und kam dann zu ihm zurück, um ihn weiter zu ziehen. Der Alte murmelte vor sich her:

»Nach Taktau ist er gefahren und hat sich die schöne Frau geholt, Nacht für Nacht. Es war eine Sünde vor Gott und den Menschen und nicht wohl getan«. Klaus begann zu lachen. Der Alte sah ihn von der Seite an und brummte, dann sagte er laut: »Man soll da nicht lachen. Es büßt sich alles.«

»War sie denn verheiratet, die schöne Frau, oder muß alle Liebe gebüßt werden?«, fragte Klaus und lachte weiter in die kalte Nacht hinaus.

»Sie war verheiratet. Er kümmerte sich wenig darum.«

»Das gefällt mir!«, sagte Klaus laut. Timm lachte.

»Nein, nein,« flüsterte der Alte und hob die Hände. Er stand groß zwischen den niederen Hütten im Schnee und streckte die Arme abwehrend vor sich her. Dann wandte er sich und schwankte zu seinem Gartenzaun, stieß die Pforte auf und schloß sie sorgsam hinter sich zu. Nach einer Weile war er in der dunklen Tür verschwunden.

»Gute Nacht, junger Herr,« rief Timm und brachte die Mütze vom Kopf. »Und für den Grog auch schönen Dank.«

Klaus ging die Allee hinunter, sah rasch an der Hausmauer hinauf, – ein Fenster war schwach erleuchtet –, dann schlug er an den Steinstufen den Schnee von den Schuhen, hielt plötzlich inne, als er das laute Klappern in der Stille hörte, und versuchte, leise die Wendeltreppe empor zu steigen. Oben warf er sich in den Kleidern aufs Bett und grub den Kopf in die kalten Kissen.

Der Schnee schimmerte durchs Fenster herein, die Schatten lagen geduckt wie große Tiere an den Wänden. –

Am nächsten Tage, nach dem Mittagessen, trat er vor Frau Annemarie. Sie hatte ihn während der Mahlzeit leise beobachtet, aber nicht vom Besuch gesprochen, der mit dem Abendzuge erwartet wurde.

»Das war eine Kinderei, gestern. Verzeih. Heute aber wirst du spielen, ja?«

Er sagte es leise, und es war nicht drängend und nicht bittend.

Frau Annemarie antwortete nach einer kleinen Weile: »Ja.«

Er warf rasch den Kopf zurück, hob die Hände in zuckender Freude und blickte Frau Annemarie jäh an. Sie sah zum Fenster hinaus, aber nichts entging ihr. Er fuhr fort: »Christian geht ja weg heute Nachmittag, – weißt du es?«

Sie erschrak über diesen ungezügelt aufjubelnden Ton und erwiderte nichts. Er beugte sich über ihre Hand und küßte sie, dann verließ er das Zimmer.

Eine der großen Gaststuben wurde hergerichtet, Frau Annemarie trug aus dem verschneiten Park einige Tannenzweige hinauf und stellte sie in dem braunen Krug auf den runden Tisch, der vor dem dunkelbezogenen Sofa mit der geschweiften Rücklehne stand; sie schaute sich im Zimmer um, gab dann den Befehl, der Kutscher möge um sechs Uhr mit dem Schlitten vorfahren, der junge Herr werde selber kutschieren, und kehrte langsam in ihr Gemach zurück.

Die Helligkeit des Tages erlosch frühe, Schneewolken stießen am Himmel herauf. Da setzte sich Frau Annemarie an den Flügel und schlug leise ein paar Töne an. Sie lauschte, die Finger auf den Tasten und den Kopf zum Fenster gebogen.

Klaus trat herein, auf den Zehenspitzen, ging zum Kamin und setzte sich in einen der tiefen Sessel. Er streckte die Füße gegen das flackernde Feuer und wandte das Gesicht langsam nach dem Flügel hin.

»Du weißt ja nun, was ich spiele,« sagte sie, ohne sich umzusehen, »wünschest du etwas Besonderes?«

Er machte eine kurze Bewegung mit den Fingern, legte sie dann gegeneinander und bat: »Spiele.«

Sie zögerte noch eine Weile und begann darauf eine Fuge. Ihr Körper straffte sich unter den Tönen, legte sich abwechselnd ein wenig nach vorne und wieder zurück, und ihr Kopf war leicht in den Nacken geworfen. Wenn Klaus hinüberschaute, sah er vor dem hellen Fenster ihren schmalen Hals und den Haarknoten in scharfem, dunkelm Umriß. Ihre Hände hoben sich selten von den Tasten empor, sie schimmerten weiß durch die Nachmittagsdämmerung, die breiter und weicher durchs Gemach floß, je länger sie spielte. Stunden gingen vorüber.

Zuletzt, ein fahles Leuchten nur noch auf den Noten, die sie kaum mit den Augen streifte, spielte sie die Appassionata. Darüber war es Nacht geworden, und als sie den letzten Akkord ausklingen ließ und sich rasch erhob, fiel aus dem Kamin der schwache Schein der verglimmenden Glut auf ihr Gesicht. Ihre Augen waren groß und still und gingen langsam durch die Dunkelheit. Sie setzte sich Klaus gegenüber ans verlöschende Feuer und legte die Hände in den Schoß.

»Es ist nun Zeit, Klaus, du mußt fahren,« sagte sie leise.

Er antwortete nicht, schlug mit dem Zeigefinger die Asche von der Zigarette in den Kamin hinein und legte ein Bein übers andere.

Frau Annemarie fröstelte leicht und reckte die Hände gegen die Glut.

Auf der Treppe vor dem Hause klapperten laute Tritte, jemand streifte die Holzschuhe von den Füßen und tastete sich durch den Flur. Dann klopfte es.

»Ja,« rief Frau Annemarie. Die Türe wurde langsam aufgestoßen, und ein ferner, schwacher Schein glitt herein. »Wer ist denn da?«, fragte Frau Annemarie.

Timms knappe Stimme sagte: »Es ist angespannt, gnädige Frau. Soll ich vorfahren?«

»Ja.« Und nach einer Weile, als er zu warten schien, fügte sie hinzu: »Ich werde es dem jungen Herrn sagen.«

Dann schloß sich die Türe, die Schritte tappten davon, und draußen auf den Fliesen klapperten die Holzschuhe wieder.

»Hast du gehört?«, sagte Frau Annemarie mit leisem Drängen. »Du mußt nun gehen.«

»Er mag doch fahren,« kam es aus dem Dunkel, und die Glut der Zigarette rötete auf einen Augenblick die zusammengezogenen Brauen.

»Nein, nicht so,« bat Frau Annemarie. »Du bist manchmal noch, wie du als Junge warst, Klaus. Trotzig wie ein Kind. – Geh jetzt.«

»Wenn ich aber –, warum soll ich denn fahren?«

Schritte gingen wieder über den Flur, die Türe wurde aufgeklinkt. »Ist jemand hier?« Christian trat herein und schrie zurück: »Licht, Marjells, bringt Licht!«

Er sah Frau Annemaries Gesicht, von der Kaminglut leise überstrahlt.

»Liebste, was ist denn das wieder? So im Dunkeln zu sitzen, allein? Ich begreife dich manchmal gar nicht.«

»Ich bin ja nicht allein. Klaus leistet mir Gesellschaft,« gab sie ruhig zurück.

Die Marjell kam und stellte die Lampe auf den Tisch, drehte den Docht herauf und schlurte wieder aus dem Zimmer.

Christian sah auf die Uhr. »Es ist ja allerhöchste Zeit, Klaus. Wenn du noch zum Zug kommen willst, mußt du die Pferde laufen lassen, was das Zeug hält.«

Klaus erhob sich langsam und schritt aus dem Zimmer. Christian lachte hinter ihm her:

»Da will er uns glauben machen, ihm liege nichts an dieser Fahrt! Doris mag unterdessen am Bahnhof anfrieren und gleich in der ersten Stunde ihre tollkühne Reise in unsere Wintereinöde heraus verfluchen. Und ihm verbrennt derweilen beinahe das Herz! Umwege, Umwege, – wie, Beste?«

Sie trat ans Fenster und sah durch die feuchten Scheiben hinaus. Hufe stampften im Schnee, dann klirrten die Schellen.

»Jetzt fährt er wieder ohne Pelz in die Winternacht hinaus!«, sagte Frau Annemarie leise und legte die Stirn an die kühle Scheibe. Die Schellen verklangen hinter den letzten Bäumen der dunkeln Allee, auf dem schneeverwehten, schimmernden Feldweg.

Klaus stand neben den Pferden, als der Zug vor dem kleinen Bahnhof hielt, klopfte ihnen die unruhigen Hälse und trat dann einen Schritt um die Ecke. Aber die Pferde stampften und rissen an der Schlittendeichsel, er mußte ihnen wieder in die Zügel greifen und beruhigend zusprechen.

Plötzlich stand sie neben ihm, sah ihm von der Seite her ins Gesicht und sagte: »Also, da bin ich. Guten Abend, Klaus!«

Er drehte sich um, er hatte ihre Schritte im Schnee nicht gehört; Wärme schlug ihm entgegen aus dem Pelzmantel, der ihre große Gestalt verhüllte. Er griff langsam, als hätte ihn das Wiedersehen ganz überrascht, nach ihrer Hand und fühlte ihren langen, starken Druck. Eine Weile ließ er sogar seine Finger still in ihrer Hand liegen, halb unter dem weichen, dunkeln Pelz, und spürte das Blut aus ihrem starken, gesunden Körper zu ihm herüber drängen. Wie leiser Schwindel wirbelte es ihm durch den Kopf, als er mit ihr zum Schlitten trat und sie sich behende in den Sitz schwang. Er stieg neben sie, legte ihr eine Decke über die Knie und löste die Zügel vom Knopfe. Ein Gefühl, als sei eine Last von ihm genommen worden und alles nun gut, durchrieselte ihn warm und klingend, als er die Pferde über den Schnee dahin traben ließ und sich zur Seite den ruhig zurückgelehnten Körper spürte, so oft er ein wenig die Zügel an sich zog.

Doris blickte über die matten Schneefelder, in denen da und dort ein dunkler Baumstamm mit kahlen, hochgereckten Aesten fror und über welche von ferneher kleine, verlorene Lichter aus niederen Fenstern glommen; sie sah, von der Laterne bestrahlt, vor der geschweiften Schlittenwand die blanken Rücken der Pferde, die gleichmäßig sich hoben und senkten, mit dem dumpfen Takt der Hufe im Schnee. Und sie sah einmal flüchtig auf die Hand, welche die Leine hielt, in ihrem breiten Handschuh, und auf das Gesicht, aus dem die Augen scharf über die Ohren der Pferde hinweg in den schwach erleuchteten Schnee spähten, um den Weg längs den Bäumen nicht zu verlieren.

Da sagte sie leise: »Klaus –.« Und als er den Kopf ein wenig zu ihr herab neigte, die Wange auf ihre Schulter legte, küßte sie ihm die Schläfe mit ihren windkalten Lippen.

Und noch einmal durchschwang ihn der Glaube: nun wird es doch wieder gut. Er streifte leicht mit der Leine die Rücken der Pferde, daß sie weit ausgriffen und den Schnee über die Schlittenwand herein schlenderten, auf die dunkle Decke, die über Doris Knieen lag.

»Wie geht es Annemarie?«, fragte sie.

»Immer gleich. Sie sitzt beständig zu Hause. Man merkt nicht viel von ihrer Krankheit.«

»Schrecklich, ein solches Leben,« flüsterte Doris. »Wenn unsereinen so etwas träfe, – wie? Jahrelang stille halten, einsam sitzen müssen, – aber das will sie ja selber so. Ich kann mir das einfach gar nicht vorstellen.«

»Ich habe mich so daran gewöhnt, seit ich hier draußen bin; glaubst du, ich sehe noch, daß sie krank ist?«

Doris blickte ihn scharf von der Seite her an. Ein merkwürdiger Zug um seinen Mund, eine Linie, die er früher nicht besessen hatte, fiel ihr auf, und auch aus seiner Stimme, so hell sie in dieser Stunde klang, tönte ihr eine unbekannte Mattigkeit.

»Warum bist du eigentlich zum Semester nicht zurückgekommen?«, fragte sie plötzlich.

Er zuckte die Achseln. »Es gefiel mir hier besser.«

Sie sah vor sich hin und schwieg. Nach einer Weile sagte sie nebenbei: »Wir hatten dich alle erwartet und waren erstaunt.«

Er lachte kurz auf. »Weißt du, ich gestehe, daß ich sehr selten an die Berliner Gesellschaft gedacht habe. Ich vermißte sie wenig. Es war so viel hier draußen –.« Er brach ab, mitten im Gedanken.

»So? was denn?«, fragte sie lächelnd, spöttisch.

Er mußte sich selber besinnen, sah sie rasch an und sagte darauf, den Kopf leicht zur Seite geneigt: »Es wurde doch Herbst – und dann Winter –, ganz langsam –.«

Sie lachten beide, und Doris dunkle Stimme brach immer voller auf wie eine rote Rose. Klaus lauschte ihr und sagte leise: »Es ist gut, daß du da bist.«

»Ja, ich glaube es auch,« erwiderte sie. »Aber warum schriebst du nie mehr, schon seit zwei Monaten?«

»So lange?«, fragte er erstaunt.

»Du weißt nicht einmal mehr die Zeit,« lachte sie. »Hast du alles vergessen?«.

»Vieles,« gab er leise zur Antwort.

Sie sah ihn wieder an und zog dabei die Brauen leicht zusammen. »Das ist traurig.«

»Ja,« sagte er und nickte.

Da wandte sie das Gesicht weg und blickte in den Schnee hinaus. Es war ihr, als wiche er immer zurück, wo sie erwartete, daß er ihr entgegentreten und widersprechen sollte.

»Da sind schon die Hütten und dort die Bäume vor dem Haus,« sagte er und hob den Arm.

»Ja, ich erkenne es wieder. Ist das Haff schon gefroren?«

»Noch nicht überall. Es schneite immer und war zu warm.«

»Ich habe die Schlittschuhe mit.«

Er verwunderte sich und mußte wieder lächeln. »Das ist ja fein; ich glaube, es wird sehr lebendig werden hier draußen.«

Während er noch redete, erinnerte er sich, daß Christian am Anfang auch zu ihm so gesprochen hatte, dieselben Worte: »Nun wird es lebendig werden –.« Er war bald unterlegen gegen die Stille, aber Doris war stark, viel stärker als er und voll Wille und Spannkraft. Vielleicht gelang es ihr. Er sann darüber nach und zweifelte schon ein wenig daran, als er hinter ihr die Treppenstufen hinaufstieg, nachdem er Timm die Zügel zugeworfen hatte.

Im warmen Flur, unter dem Licht der hochgezogenen Ampel, öffnete Doris ihren Pelz und ließ ihn lässig über die Schultern auf einen der Sessel herunter gleiten. Das Mädchen sah ihr mit großen Augen zu und sprang herbei, um den Mantel aufzufangen. Es nahm ihr auch den Hut aus der Hand und trug alles weg.

Doris stand hoch unter dem Lichte, hob die Arme empor und fuhr mit den Fingern leicht und flüchtig über die hellen Haare. Sie strich sich eine Strähne aus der Stirne zurück und schob sie über dem Ohr unter die breite, schimmernde Flechte. Das Licht spielte auf ihrer langen, kräftigen Hand und den nackten Gelenken, von denen die weichen Spitzen der Aermel lose zurückgefallen waren.

Klaus lehnte am Türpfosten, die Finger in den Taschen und ein Bein quer vors andere geschoben. Er sah Doris an und folgte mit seinen Blicken ihren sicheren, ruhigen Bewegungen; er erinnerte sich dabei in verwischten, flüchtigen Bildern, wie er früher stundenlang jede leiseste Linie, jede Bewegung an ihr ausgekostet hatte wie an einem unendlich reichen Kunstwerk.

»Wir sind hier nicht in meiner Malbude,« sagte sie und faßte ihn am Arm. »Wo ist Annemarie?«

Er tat die Türe vor ihr auf, und sie gingen nebeneinander durch die Zimmer. Annemarie trat ihnen langsam entgegen, streckte Doris die Hand hin und hieß sie willkommen:

»Ich habe dich solange nicht mehr gesehen.«

Doris legte den Arm um ihre Schultern, wie eine ältere Schwester es sorglich der jüngeren tut.

»Ist es so lange schon her? Ich meine, es war erst vor kurzer Zeit. Die Jahre rasen vorüber, man kann kaum aufatmen in all der Hast.«

Christian von Dohm trat ein, mit raschen Schritten, und sagte schon auf der Schwelle:

»Wie hübsch, wie hübsch, daß Sie gekommen sind. Wir freuen uns alle so sehr. Hoffentlich findet die winterliche Einöde Gnade vor Ihren Künstleraugen.«

»Sie ist wundervoll; ich habe schon die Schlittenfahrt genossen.«

»Ach, sowas –! Viel Schnee, viel Land, viel Wasser, und alles gar still. Im Sommer sollten Sie mal herkommen; jetzt sieht das Land doch allzu ärmlich aus.«

Sie setzten sich, und eine Weile war es still.

»Es ist herrlich,« sagte Doris leise. »Ausruhen –. Hier wird man gesund. Es ist ein Hundeleben, wie wir es in der Stadt führen. Eine Zeitlang ostpreußische Stille: das ist ein Bad für unsere verstaubten Seelen. Hier muß man ja gesunden.«

»Es gehört immer Glaube dazu,« lächelte Frau Annemarie.

Christian fuhr dazwischen: »Hier gesunden? Sie erlauben schon! Uns allen täte Stadtluft gut, – wie, Liebste? Na ja, du bist ja nicht dazu zu bewegen, ich weiß es schon. Nein, glauben Sie das nicht vom Gesundwerden. Es ist meistens sehr langweilig hier, tödlich langweilig. Ich mache nicht Reklame, Sie sehen. Umso aufrichtiger wissen wir Besuche zu schätzen. Die Gastfreundschaft in unserem einsamen Land ist etwas vom Eigennützigsten.«

Doris lachte und sah Christian an, mit ihren prüfenden Blicken, die lange auf allen Dingen lagen, hartnäckig, bis sie ihr Bild in sich aufgenommen hatten.

»Wie man ein ganzes Leben hier draußen zubringen kann, ist mir ja allerdings auch unbegreiflich,« sagte sie. »Es braucht doch auch noch etwas anderes als Stille und gesunde Luft! Etwas, das uns zu schaffen gibt: Stadt, Ruhelosigkeit, Handwerk, – eben das ganze Hundeleben, über das wir schimpfen und ohne das wir doch nicht auskommen.«

»Natürlich,« stimmte Christian bei und sah Frau Annemarie an. Er war lebhaft und nickte von Zeit zu Zeit. »So ist es, Sie haben ganz recht.«

Klaus legte den Kopf ein wenig zur Seite: »Wir, wir, – immer wir! Ach –.« Er ließ die Faust leise auf die Armlehne des Sessels fallen.

Doris lachte. »Laß nur! Ich will ja nicht verallgemeinern. Du bist geblieben, wie du warst; ich erkenne dich wieder an deinem Aufmucken, wenn ich von uns Menschen in der Mehrzahl spreche. Das war von jeher unser Thema!«

»Aber, Beste, essen wir denn nicht bald?«, fragte Christian. »Nach dieser langen Fahrt, – Sie kommen doch eben von Berlin?«

»Nein, von Danzig. Ich bin seit ein paar Wochen dort.«

»Ach so. Gleichwohl –.«

Frau Annemarie erhob sich und ging hinaus. Klaus bemerkte, wie sie rascher als sonst und schlank aufgerichtet schritt, aber ihre Hände waren geballt, und ihre Nägel gruben sich ins Fleisch. Als sie zur Türe hinausgegangen war, sagte Doris:

»Ich bin froh, Annemarie so wohl zu finden.«

»Sie finden sie wirklich wohl?«, fragte Christian, die Stirne sorgenvoll gerunzelt.

»Aber natürlich. Geht so eine kranke Frau?«

»Ja, Sie müssen es besser beurteilen können als wir«, erwiderte er. »Sie kommen soeben erst her und haben andere Augen als wir.«

»Ach, das –. Aber gewiß, ich bin erstaunt, mit großer Freude erstaunt.«

Klaus erhob sich rasch und verließ das Zimmer. Als er die Türe aufriß, sah er im Nebenraum Frau Annemarie: sie stemmte die Hände auf den Tisch, beugte sich vornüber und schien ihn nicht zu hören. Er zog die Türe hinter sich ins Schloß, und Frau Annemarie reckte sich krampfhaft empor und wandte sich um. »Was ist dir?«, fragte er halblaut.

»Nichts, Klaus,« sagte sie und versuchte, ihrer Stimme den ruhigen Ton zu geben.

»Doch.« Er trat näher. »Du hast Schmerzen. Dir ist nicht wohl.«

Sie tat ein paar Schritte vom Tische weg. »Es ist ja nichts, du siehst. – Warum kamst du heraus?«

»Ich wollte – rasch hinauf in mein Zimmer gehen.« Er schritt neben ihr her. »Willst du dich nicht auf meinen Arm stützen?«

»Danke, danke. Es ist wirklich nichts.« Sie sah ihn lächelnd an. »Und ich habe ja Besuch. Wer denkt da an Kranksein?«

Er ging die Wendeltreppe hinauf und in sein Giebelzimmer. Er trat ans Fenster, sah in die Winternacht hinaus, kehrte über die dunkeln Dielen zum warmen Ofen zurück und schritt auf und ab. Schon konnte er das Glück nicht mehr begreifen, das ihn vor einer Stunde überflutet hatte, so jäh und stark, als er neben Doris im Schlitten hergefahren und ihm ihr starker Körper nahe gewesen war. Sie stand so gesund da, mit ihren klaren Augen und ihren knappen Worten; sie war so fremd hier, wo alles still und zwischen Licht und Schatten vor sich ging.

Er schüttelte den Kopf und stieg langsam die Treppe hinunter, zum Abendessen. Von ferne hörte er, durch die offene Türe, wie sie lachend sagte: »Ach was, der Mensch ist doch dazu da, sich nicht unterkriegen zu lassen!« Christian erwiderte ernst: »Sie haben recht.« Die Türe schloß sich, Klaus hörte nichts mehr vom Gespräch. Er lächelte voll Spott und Zweifel, als er die untersten, knarrenden Stufen herabstieg. Dann trat er in den Speisesaal.

»So, nun endlich zu Tisch!«, rief Christian. »Bitte hier, gnädiges Fräulein.«

VI.

Bei der Waldbucht ließ Klaus die Pferde etwas langsamer gehen. Sie stampften durch den knirschenden Schnee, bald durch hohe Wehen, in denen sie tief versanken, bald über krachendes Frosteis, das der Wind kahl gefegt hatte. Weit zog sich die Spur der beiden Schlittenkufen zwischen den Bäumen hindurch. Manchmal streiften die Köpfe der Pferde einen tief heruntergebogenen Tannenzweig, und eine zerstäubte Schneewolke rieselte den beiden Frauen in die Gesichter. Doris lachte mit ihrer dunkeln Stimme, und Frau Annemarie rieb sich die Wange am Pelzkragen. Aber auch ihre stillen Augen liefen lachend über die Wunder des verschneiten Forstes.

Klaus spähte zwischen den Baumstämmen hinaus auf das Eis. Plötzlich zog er den linken Zügel an, die Pferde gehorchten erstaunt, rissen den Schlitten auf die niedere Uferböschung hinauf und glitten mit vorgestreckten Beinen durch den angewehten Schneewall aufs Eis hinunter. Zaudernd taten sie ein paar Schritte, hart klangen die Hufe und splitterten knirschend die glatte Fläche. Das Eis war dunkel gefleckt und voll seltsamer Zeichnungen. Die Rosse rissen ängstlich an der Deichsel und warfen die Köpfe empor. Klaus hielt die Zügel ruhig fest, und die beiden Frauen beugten sich lautlos zu seinen Seiten nach vorne, mit ihren Blicken den tänzelnden Hufen der Pferde folgend.

Diese griffen nun mächtig aus, schlugen ihre gespitzten Hufe hämmernd ein und rissen den Schlitten surrend vom Ufer weg. Klaus schnalzte mit der Zunge und ließ die Zügel lockerer.

»Schön, schön,« sagte Doris aufatmend. »Siehst du, wie gut, daß wir dich zu dieser Fahrt überreden konnten.«

Annemarie nickte. Sie schaute langsam um sich; zu beiden Seiten floh der Wald zurück wie der Schatten einer Wolke, und das Eis wurde groß und dehnte sich weit aus. Dunkle Bänder, von milchhellen Stickereien durchwirkt, spulten sich neben dem sausenden Schlitten ab, umkreisten ihn und legten sich unter seine leis hüpfenden Kufen; dann klang das Surren noch kälter und verglitt plötzlich wieder im knisternden, pulverigen Schnee, der leicht auf dem Eise klebte. Ferne stand im dumpf verstreuten Licht des Nachmittags eine zackige, schimmernde Linie; sie lief quer über die grauhelle Fläche und bog sich zu den roten Häusern von Tawe hinüber, die matt glühend, wie frierende Lichter, im Schnee des Ufers standen.

Klaus hielt auf den Eiswall zu. Die Schlittenspur lief gerade zum dunkeln Waldsaum zurück. Bald stand dieser nur noch wie eine niedere Mauer in der Ferne, ringsum schimmerte fahl das Eis, von aufgestemmten Hügelketten und wirr zusammengeschobenen Schollenhaufen unterbrochen.

Plötzlich riß Klaus die Pferde herum, der Schlitten rutschte ein wenig seitwärts und stand still. Eine Rinne lief dunkel, nur leicht verharscht, durch das Eis.

Klaus folgte ihr mit den Blicken und sagte dann: »Wir könnten wohl hinüberfahren –.«

Er sah die beiden Frauen an. Annemarie schaute die schmale Rinne, auf der brüchiges Eis lag, prüfend an, und Doris rief: »Also, dann weiter!« Sie nickte Klaus zu. »Wagst du es?«

Er stieg aus dem Schlitten und trat zu den Köpfen der Pferde. Mit einem weiten Schritt überbrückte er die Rinne; die Ränder der Schollen hielten fest.

»Man kann zu Fuß hinübergehn; die Pferde führe ich später nach.«

»Ach!«, lachte Doris. »Ich kenne dich nicht mehr. Ich steige nicht aus.«

Klaus warf rasch seine Pelzjacke aufs Eis jenseits der Rinne, kehrte zum Schlitten zurück, hob wortlos Frau Annemarie auf seine Arme und trug sie mit einem leichten Sprung über die dunkle Spalte; drüben stellt er sie auf die Jacke, schlug diese dicht um ihre Füße und trat wieder zu den Pferden. Er griff in die Zügel, führte die Tiere vor die Rinne, stellte sich quer darüber hin und riß mit einem Ruck das Gespann nach vorne. Doris hielt mit beiden Händen die Seitenlehnen des Schlittens und lachte auf, als das dünne Eis in der Rinne dumpf dröhnte. Und Klaus hob Frau Annemarie wieder in die warmen Felldecken hinein; sie legte ihre Hand leise gegen seine Schulter, fast abwehrend. Er sprang auf seinen Sitz, die Pferde zogen an. Wie ein dunkler Fleck auf dem Eise, neben der Rinne, lag die vergessene Pelzjacke, und in ihrem dichten Geflock zeichneten sich die Spuren von zwei kleinen Füßen ab. Leise strich der Wind darüber, schnupperte daran herum und spielte mit den Haaren.

Die grauen Mauern von Kampken stiegen langsam übers Eis empor, mit den entlaubten, weitästigen Bäumen zur Seite, die wie zartes, verschlungenes Gewebe vor dem verglimmenden Himmel sich aufreckten.

»Es sieht doch aus wie eine rechte Trutzburg, mit seinen dicken Mauern,« sagte Doris.

»Sie haben sich der Stille des Landes nicht verschließen können,« erwiderte Annemarie lächelnd. »Sie drang durch alle Fenster ein, seit Jahrhunderten; sie liegt breit in den Sälen und weht durch die dunkeln Gänge.«

»Wie ein Gift,« lachte Doris. »Es ist zu traurig hier.«

Sie fuhren vom Eis aufs Land hinauf, die Pferde gingen langsamer im Schnee und bogen vor die Treppe; schnaubend standen sie still. –

Als Klaus aus seiner Giebelstube herunterkam, sah er Doris in der Fensternische des Eckzimmers. Sie hatte sich halb auf das Gesimse gesetzt und blickte durch die leicht matten Scheiben in den herabdämmernden Abend hinaus. Als sie seine Schritte auf den Holzdielen hörte, wandte sie langsam den Kopf.

»Wo ist Annemarie?«, fragte er und sah sich um.

»Sie ist müde von der Fahrt und ruht sich aus.«

Er hörte in ihrer starken Stimme einen leise spottenden Ton mitklingen und sagte: »Es war ja auch das erstemal, daß sie wieder ausfuhr.«

Doris nickte und legte ihren Arm um seinen Nacken. Er stand aufrecht, die Hand aufs Fensterbrett gestützt, und sah an ihr vorbei. Leise zog ihn ihr Arm näher, er fühlte das kräftige Gelenk und die kühlen Finger. Er hob seine Hand und löste sich rasch aus der Fessel.

Doris ließ den Arm heruntersinken. Sie wandte sich nicht weg, aber ihre Lippen preßten sich um ein weniges enger zusammen.

Er griff nach ihrer Hand. »Sei mir nicht böse.«

Sie lachte. »Aber morgen oder übermorgen fahren wir zusammen Schlittschuh? Ich habe ja nichts von dir, Junge.«

»Ja, morgen oder übermorgen,« sagte er gleichgültig.

»Und dann reisen wir bald zurück, wie?«

Er sah sie groß an. Sie sprang nun vom Gesimse herunter, stellte sich vor ihm hin und sagte heftig: »Ich bin doch gekommen, um dich zu holen, Klaus. Hier sollst du nicht bleiben. Wie anders warst du früher. Das geht nun alles verloren. Komm mit, bald, bald.«

Er schüttelte leise den Kopf. »Ich komme nicht.«

Sie faßte ihn an den Schultern und bog ihr Antlitz nahe zu ihm hin. Er sagte, indem seine Augen auswichen: »Ich muß erst hier zu Ende kommen, es ist etwas noch nicht klar. Das Land, glaub ich, – nein, ich könnte jetzt nicht reisen.«

»Hör mal,« begann sie ruhig, »das sind nun Dummheiten. Schön ist es hier, wahrlich, aber daß du deine ganze Kraft und Energie an diese Schönheit vergeuden sollst, will mir nicht in den Sinn. Ich erlaube es nicht. Du bist ein Kind! Klaus, Klaus –.«

Er sah sie fragend an.

»Liebst du mich noch?«

Er machte eine unwillige Bewegung mit den Schultern, auf denen ihre Hände lagen, und sagte gequält: »Wie kannst du so fragen –.«

Sie wiederholte: »Liebst du mich noch?«

Er raffte sich aus seiner Müdigkeit auf und hob sogar ein wenig die Hand. »Alles, was du an mir getan hast, du Gute, Liebe, kann ich das vergessen? Du hast mir soviel Glück geschenkt –.«

Während er sprach, durch die leeren Worte in ihm erweckt, trat das Vergangene vor seine Seele und erhellte sie. Wie ein glühender Farbenstrom floß es vor seinen Augen, er empfand plötzlich die Nähe ihres reichen Körpers, atmete dessen Duft ein und sah ihren Mund, auf dem noch die letzte Frage lag. Jäh warf er die Arme um sie, wühlte seine Finger in ihre aufrollenden Haare und bog ihren Leib weit zurück. Sie lachte.

Als sie an den Flügel trat und eine kurze, aufjubelnde Akkordfolge spielte, die er früher immer von ihr zu hören begehrt hatte, verließ er still das Zimmer und stieg in die Giebelstube hinauf. Er warf sich aufs Bett, zerrissen und wie von Peitschen geschlagen.

Von unten klang die kurze Melodie zu ihm herauf; nicht enden wollte ihr Jauchzen, ihr unbändiger Schrei, – da schlug er die Arme um den Kopf, und es ward still.

So lag er lange. Sein Blut ebbte zurück und verrollte.

»Ich habe Annemarie auf meinen Armen getragen,« sagte er leise vor sich hin, in die Dunkelheit des Zimmers. Und nun lachte er: »Die Jacke liegt noch draußen.«

Er trat ans Fenster; es war eine helle Nacht. Er hob leise die Schlittschuhe aus der Holztruhe; sie warfen blitzende Strahlen um sich und lagen kühl in seinen Fingern, die sie heiß und gierig umschlossen.

Er öffnete die Türe, trat hinaus, schloß sie lautlos hinter sich zu und schritt die knarrende Wendeltreppe hinunter. Auf jedem Tritt blieb er stehen und lauschte. Aus dem einen Zimmer klangen Stimmen: Christian sprach in seiner knappen, entschlossenen Art, die er angenommen hatte, seit Doris in Kampken weilte. Im Speisesaal wurde der Tisch gedeckt, die Bestecke klirrten silberhell.

Eine Türe wurde aufgetan, ein leiser Gang klang auf dem Flur, ein Schritt zauderte, und dann wurde eine Klinke niedergedrückt. Christian sagte eben laut: »Ich fühle mich wieder ganz jung,« – und Doris unterbrach ihn: »Ach Annemarie, – ausgeruht?« Die Türe schloß sich.

In zwei Sprüngen setzte Klaus über den Flur, trat aus dem Haus und hörte den gefrorenen Schnee unter seinen Schuhen knirschen.

Er ging an den Strand, kniete nieder und schnallte sich die scharfgeschliffenen, blinkenden Eisen an. Sie saßen fest und klirrten leise, als er losfuhr. In langen, leichtgebogenen Zügen entfernte er sich vom Ufer; die Hände lässig in die Hüften gestemmt, bog er den Oberkörper wiegend hin und her.

Die Schlittschuhe glitten singend über das Eis, sprangen über die schwarzen Risse und knirschten in den Furchen, die der Wind aufgeworfen hatte. Das Ufer war in der Nacht versunken, kaum ein Licht blitzte von Kampken und weiter oben von den Fischerdörfern herüber. Das Eis lag mattweiß, von schwarzen Bändern und Fäden durchzogen, weit um ihn, und er las kaum an den Sternen, über welche hin blasse Wolken wischten, ungefähr die Richtung ab.

Er achtete lange nicht darauf, daß er im Surren und Singen der Schlittschuhe ohne Ruhe die kurze Melodie hörte, die ihm Doris gespielt hatte. Als er es merkte, hielt er inne, lauschte weit um sich und fuhr langsamer. Ferne krachte es unter dem Eis, dumpf und lang verhallend.

»Ich höre die Stille nicht mehr,« sagte er vor sich hin. »Dieses Lied gehört nicht hierher.« Und wieder erklangen in ihm, gegen seinen Willen, die aufstürmenden Akkorde. Jäh wollte er sie zudecken, zerriß sie durch andere Klänge, stieß sie voll Verachtung weg. Langsam breitete er die Arme aus, als griff er nach einer Hand, und flehte: »Sprich du wieder, Land!« Und die Stille durchrann ihn abermals mit fernhallendem Glockenläuten.

Ein dunkler Fleck, wie ein Loch, das Fischer durchs Eis gehauen haben, wuchs zwanzig Schritte vor ihm aus der schimmernden Fläche. In drei langen Zügen war er davor, beugte sich nieder und lachte auf. Und alsbald senkte er sich in die Kniee und legte seinen Mund und sein ganzes Gesicht in die schmalen Fußspuren, die er noch im Pelze erkannte. Und er flüsterte: »Annemarie.« Aber bei diesem Wort und diesem Klang wich die Stille nicht scheu zurück, sondern durchrauschte ihn nur stärker und ruhiger. –

Auf dem Damme von Agilla stand, mit der hohlen Hand am Ohr, die irre Stina. Sie hörte ein Surren und Knacken auf dem Eis und sah einen Schatten heranfliegen. Da rief sie laut: »Jan!« und noch einmal, lauter: »Jan, bist du gekommen?«

Klaus aber kroch, indem er sich auf den Händen über die Eisschollen emporriß, auf den Damm und fragte: »Seid ihr alle noch wach?«

Sie wich vor ihm zurück und murmelte: »Ach, es ist nicht Jan.« Sie wollte durch die Tür schlüpfen.

»Ich bin müde,« sagte Klaus, »und will morgen weiter, übers Eis nach Nemonien und Gilge hinauf. Du kennst mich, Stina. Laß mich in die Küche, damit ich mich ein paar Stunden hinlege.«

Sie stieß die Türe auf, und beide traten ein. Auf dem Herde glomm Glut, von der Asche fast ganz verschüttet. Klaus legte sich auf die Bank, schob sich die Pelzjacke unters Genick, rückte ein paarmal hin und her und schlief in der warmen, dumpfen Luft sofort ein.

Stina stand im Dunkel bei der Türe und betrachtete ihn. Seine langen Beine hingen unten über die Bank herab, die blitzenden Schlittschuhe berührten beinahe den steinernen Boden und tropften leise. Auch sein rechter Arm hing schwer herab, und über den Handrücken lief eine Strähne Blut, die sickernd gerann. Stina starrte ihn an, sah, wie er die Lippen zu einem Wort bewegte, beugte sich vor, um es zu erlauschen, und ging dann wieder zur Tür hinaus.

Sie stapfte alle Nächte lang den Damm hinauf und hinunter und lauschte aufs Haff hinaus, und nur am Tage legte sie sich zum Schlafe hin.

Am andern Morgen – kaum hatte die Sonne das Eis von den letzten Schatten blank gefegt – kletterte Klaus über die Schollen den Damm hinunter und zog seine langen Bogen über die blitzende Weite. Kalt stand die Luft um ihn, hieb ihm mit Fäusten über Wangen und Ohren und drückte sich seinem Lauf entgegen. Es war so klar, daß man über dem Eis, nach der Nehrung hin, die aufgetürmten Wälle wie eine schartige Messerklinge vor dem seidenblauen Himmel stehen sah. Weit draußen erblickte Klaus einen Fischerschlitten und eine Stange, die daneben ins Eis gerammt war; über den Damm herüber aber funkelten die roten und bunten Hütten mit kerzengeraden Rauchfahnen, und starr, wie eingefroren, reckten sich die Flügel der Windmühle.

Klaus fuhr den ganzen Morgen, und die Sonne stand hoch über ihm; er mußte die Pelzjacke ausziehen und sie am Rücken festbinden. Um die Mittagsstunde hielt er wieder auf die Küste zu, die wie ein dunkler Strich hinter dem blendenden Eise lag; langsam sanken die überschneiten, welligen Dünen der Nehrung mit ihren breiten Schatten zurück. Zwischen den Häusern von Gilge fuhr er dahin, den breiten Strom hinauf, der seine Wasser im Herbst zu beiden

Seiten weit über Wiesen und Gärten hinausgetrieben hatte, sodaß nun alles, um die Mauern der Hütten herum und tief in den Forst hinein, unter dickem Eise lag.

Die Türen standen allenthalben weit offen und ließen die Sonnenstrahlen in die dunkeln Gelasse ein, die Menschen aber gingen in Holzschuhen von Haus zu Haus, hatten Tische und Bänke aufs Eis hinausgetragen und weilten, an die roten Mauern gelehnt, in der Wärme.

Klaus schlug einen Bogen von der Mitte des Stromes nach einem breiten Hause zu, glitt um den Gartenzaun herum, der halb aus dem Eise hervorragte, und stolperte mit seinen Schlittschuhen über die Schwelle auf die hölzernen Dielen. Es roch nach Fisch und Branntwein, und Klaus bestellte sich sein Mahl. Der Wirt erzählte, daß am frühen Morgen ein Wagen mit Bier und Mehl, vier Rosse davor, quer übers Haff nach der Nehrung aufgebrochen sei; Burschen und Marjells seien mitgezogen und hätten zum Klang einer Fiedel weit draußen, mitten über den Wassern, getanzt; aber alle Saiten seien in der Kälte gerissen und das Eis habe zu murren und zu ächzen begonnen. »Im Frühjahr wird dann das Haff uns zum Tanze aufspielen!«, und er schüttelte den Kopf.

Nach einer Stunde Rast fuhr Klaus weiter, zwischen Wäldern hindurch, wo der Fluß glatt und ohne Windgekräusel eingefroren war; die Schlittschuhe surrten über das milchfahle Eis, ohne Spuren zu hinterlassen. Zu beiden Seiten aber dehnte sich lautlos, dunkel und hoch der Forst.

Und als die Sonne rasch niedersank, fuhr er über die Wiesen von Nemonien; da hoben sich manchmal höckerige Erdschollen, mit dürrem Gras bestanden, aus dem Eis hervor, und eine lange Reihe von dornigen Büschen reckte sich mit magerem Gezweig empor. Dahinter zerrann, in roten Bächen verblutend, die Sonne und färbte das Haffeis, daß es wie Feuer glomm.

Klaus schlug sich durch die Dornen und holte mit seinen langen Beinen weit aus, als er das offene Eis gewonnen hatte. Mit der Dämmerung aber ward es kalt, und plötzlich erlosch die weite Fläche. Zwischen den Tannenspitzen schaukelte ein Stern. Der Lichtschein von Kampken wies den Weg.

Klaus kehrte durch die Küche ins Haus zurück. Als er behutsam die Wendeltreppe emporstieg und unter dem dunkeln Estrichgebälk nach seiner Giebelstube hin tappte, hörte er Musik. Erstaunt blieb er stehen und lauschte.

»Das ist nicht Annemarie,« sagte er leise. Und einen Augenblick lang fragte er sich, wer wohl spielte. Dann erinnerte er sich.

Er legte sich in den Kleidern aufs Bett. Die Töne drangen wirr, in wilden, ungebändigten Jagden, zu ihm herauf.

Er biß sich auf die Lippen, und schüttelte den Kopf. Er dachte an Doris starke Hand, die nicht müde und beinahe durchsichtig auf dem Fensterbrett liegen konnte, stundenlang. –

Die Türe wurde geöffnet, Klaus fuhr halb vom Bett empor und fragte: »Wer ist da?«

Frau Annemarie stellte einen Kerzenleuchter auf den Tisch und sagte: »Ich hörte deinen Schritt. Hast du dich endlich wieder nach Kampken heim gefunden?«

Er sprang vom Bett herunter und zeigte auf die Schlittschuhe, die blitzend am Ofen hingen.

Frau Annemarie sagte leise: »Auch in Doris Zimmer sah ich solche funkeln.«

Klaus zog die Augenbrauen zusammen. »Kannst du diese Musik hier draußen hören? Es ist eine fremde, häßliche Sprache.«

Sie hob leicht die Hand. »Wenn du wüßtest, wie weh du Doris tust.«

Er zuckte die Achseln. »Ist es meine Schuld? – Ich kann nicht anders. Etwas ist stärker geworden, als meine Liebe zu Doris war.«

Frau Annemarie trat zum Fenster. »Wir sind zu schwach diesem Lande gegenüber.« Und rasch wandte sie sich um: »Du mußt reisen.«

Er senkte langsam den Kopf und schwieg. Frau Annemarie ging still hinaus und ließ ihn allein.

Es kam ein Morgen, neblig und feucht, da erstickte der harte Frost und hob seine unbarmherzigen Hände von der Erde und den erstarrten Wassern. Und um die Mittagsstunde brach ein lauer Wind auf, fuhr über die weiten Felder, peitschte krachend die Wipfel der Forste und schwang sich heulend vom Damm hinaus aufs Haffeis. Die Wolken jagten angstvoll dahin.

»Wir werden es zwingen!«, schrie Doris und drehte den Kopf zurück. Ihre Schlittschuhe furchten durchs weiche Eis; schräg hinter ihr, den Körper gegen den Wind gebeugt, fuhr Klaus.

Sie sprang über eine Rinne, die sich schwarz und mit zerbröckelten Kanten vor ihr auftat. »Achtung!«, rief sie zurück und sauste weiter. Sie ließ die Spitzen ihres leichten Mantels hinter sich flattern und schnellte in weiten Stößen dahin.

Der Damm von Agilla schob sich näher heran. Ein Schlitten kam vom Ufer her; die Hufe des kleinen Pferdes klapperten knirschend im weichen Eis. Zwei Männer kauerten auf dem Holzgestell und trieben mit Rufen und Peitschenknallen an.

Klaus schrie hinüber: »Hahoi!«

Einer der Männer richtete sich auf und wies dann mit dem Peitschenstiel in die graue Dämmerung, die dick übers Haffeis heraufquoll.

»Die Nacht wird wild,« schrie Klaus.

Hinrich Jeschkeit lachte: »Heut fang ich was! Das ist unser Wetter.« Und der Schlitten klapperte weiter übers graue, aufspritzende Eis und verschwand im Nebel.

Nahe am Damm sickerte schon das Wasser durch die Ritzen herauf. Der Wind trieb es in langen Ringen übers Eis dahin und stampfte die Schollen mürbe. Und durch das Heulen erklang dumpf das unwillige Pochen und Stemmen der Wellen, die aufwachten.

Doris trug die Schlittschuhe an einem schmalen Riemen und schritt auf den Dammweg der Waldbucht entgegen. Ihre große Gestalt stand dunkel und hoch vor den jagenden, grauen Wolken und kämpfte mit dem Wind, der ihr in die Haare sprang und den Mantel emporwarf, als wollte er ihren Leib umarmen. Klaus holte sie ein, als sie beide in den Windschatten der Waldbucht traten.

Da war es mit einem Schlage ruhig um sie; die Wangen und Hände brannten, und der Schritt ging müde. Doris blieb stehen und blickte über das Eis hinaus. Schon glaubte sie, in der dunkelnden Ferne die weißen, schaumigen Kämme der Wellen zu sehen, wie sie prasselnd die Schollen vor sich herstießen –.

»Nun muß es klar werden zwischen dir und mir,« sagte sie, als Klaus neben sie getreten war. »Du kennst mich lange genug, daß du weißt, ob ich betteln kann.«

Ein Windstoß brach über ihnen ein paar Aeste herunter und beugte die Tannen tief.

»Nein, betteln –. Du bist zu stark dazu,« sagte er und sah ihr offen in die Augen. »Du hast gegeben, immer geschenkt wie ein unendlich reicher Schatz. Laß mich, – was hast du an mir?«

Sie schüttelte den Kopf. »Deine Worte kränken, ohne zu wollen. Mir lag an dir, – hätte ich sonst dies alles getan?«

Er ließ den Kopf sinken und schloß müde die Augen. Da sagte sie weich: »Wer hat dich so beraubt? Wer hat all deine Kraft aus dir gesogen und deinen Trotz, und dich so arm gemacht? Dein Leib, der einmal nicht stark genug war, den Uebermut deines Willens zu erfüllen, steht nun da wie die ragenden Mauern eines ausgebrannten Hauses. Was ist über dich gegangen?«

Er zuckte leise die Achseln, griff dann plötzlich nach ihren Händen und legte seinen Kopf darein. Sie spannte ihre kalten Finger um seine pochenden Schläfen.

»Eine Liebe war es nicht«, sagte sie lächelnd. »Die zerbricht den Menschen nicht.«

»So redest du,« flüsterte er, »du –.«

»Dann kenne ich die Liebe nicht,« sagte sie hart und lockerte ihre Finger.

Er hob sein Haupt. »Wer will behaupten: ich kenne sie? – Als ich dich liebte, sprach ich wie du. Da war ich voll Lachen und Kraft. Alles war Licht oder Schatten. Nun ist die Dämmerung um mich, die frühen, langen Abende, die hellen Nächte und die schlafenden Tage. Ich kann dir nicht sagen, was es ist; aber es hat alle Macht über mich.«

Doris hörte ihm still zu. Er sprach zögernd und erschrak über jedes eigne Wort, gleich als risse ein fremder Mensch tief Vergrabenes ans Licht heraus, hart und kalt und ohne Gnade.

Als er schwieg und weit in die Schatten der hereinbrechenden Nacht blickte, sagte Doris leise: »Ich muß dich lassen, wo du stehst.«

»Ich wußte es,« erwiderte er und lachte ein wenig. »Sagte ich nicht: was hast du an mir –?«

Sie streckte plötzlich die Arme nach ihm aus, er aber stieß sie leise zurück. »Laß, – ich würde dich beleidigen.«

Da trat sie in den Schatten des Waldes und entwich.

Klaus stand unschlüssig und ging dann langsam am Strande hin. Es begann warm, in peitschenden Güssen, zu regnen, und die Wolken flatterten tief über dem Forst. –

Doris trat ins Haus, holte tief Atem und steckte sich die Haare fest, die der Wind aufgewühlt hatte. Sie legte sich die kalte Hand auf die Stirne, lauschte eine Weile in die flüsternde Stille, hörte, wie sich der Sturm wuchtig gegen die Scheiben stemmte, und ging dann ruhig zu Frau Annemarie.

Sie saß in der Fensternische, in ihrem hochlehnigen Stuhl. Sie wandte den Kopf und sprach: »Diesen Sturm schickt der Frühling vor sich her.«

Doris trat neben sie und legte die Hand auf ihre Schulter. Als spürte Frau Annemarie ein leises Zittern und hörte das jagende Blut, hob sie plötzlich das Antlitz empor und schrak zusammen. Doris aber sprach: »Ich muß reisen.«

Da stand Frau Annemarie langsam auf, griff nach Doris Händen und sagte nur: »Du Arme.«

Doris entzog ihr die eiskalten Finger, trat zwei Schritte ins dunkle Zimmer zurück und erwiderte hart: »Klagen –? Wozu auch? Ich bin nicht von dieser Art.«

Frau Annemarie zuckte leise; sie sah die große Gestalt mit dem trotzig emporgehobenen Haupt nicht mehr; wie eine weite Ferne voll Schatten und Stille lag es zwischen ihnen, Gebärden und Worte verhüllten nur, – trugfeine Schleier, von der Einsamkeit gesponnen. Alles war ein Spiel im Dämmerschatten.

Frau Annemarie sprach sinnend, mehr zu sich: »Die Menschen leben hier draußen zu nahe und zu fern voneinander. Es ist keine Grenze da. Die Worte tönen in die Stille hinein, die einen verhallen, die andern schwingen allzu lange fort. Und zu wem das Land gesprochen hat, der krankt an großer Liebe, und eigenwillige, unbeugsame Worte sind ihm wie höhnische Schläge ins Gesicht. Denn er ist nicht mehr frei, die Stille des Landes ist ein harter Herr. Das vergiß nicht, wenn du Klaus jetzt verlässest.«

»Ich verstehe es nicht,« sagte Doris leise, aber hart. »Glückliche,« flüsterte Frau Annemarie und verließ das Zimmer.

Und Doris stand in der Dunkelheit, die Hände geballt, die Lippen fest zusammengepreßt, aber in ihrer Kehle würgte ein Schluchzen und ihre trotzigen Augen schmerzten brennend. Ihre große, starke Gestalt bebte, und die Stille schlich fremd und scheu um sie und wußte sie nicht mit linder Hand zu trösten.

Mit dem späten, letzten Zuge fuhr sie nach Königsberg; Klaus war noch nicht nach Hause zurückgekehrt und Christian von Dohm auf dem Vorwerk. Nur Frau Annemarie geleitete sie still bis unter die Türe und sah dem Wagen nach, an den hölzernen Pfosten gelehnt, um dem Winde standzuhalten, der fauchend in den Flur hereinsprang.

Klaus aber wanderte zu dieser Stunde ziellos durch die Nacht. Im Walde brüllte der Sturm, und der breite Fluß hatte schon das Eis gesprengt und schob es in großen Schollen langsam, ächzend vor sich her. Das Haffeis aber stemmte sich noch dagegen.

Klaus schnallte sich wieder die Schlittschuhe an die Füße und fuhr in einem großen Bogen quer über die Bucht nach dem Damm von Agilla hinüber. Unter ihm schwankte das Eis auf und nieder, die Rinnen klafften breiter und ließen gurgelnde Wasser heraufquellen.

Als er sich dem Strande näherte, hörte er laute Stimmen. Lichter flackerten in trüben Laternen den Damm auf und ab, wurden manchmal hoch emporgehalten und versanken dann wieder hinter flatternden Röcken und dürren Strandbüschen.

Er schritt über den Damm, den Lichtern entgegen. Eine Frauenstimme kreischte: »Wieviele sind draußen?«

»Vierzehn von den unsern sind ausgefahren,« schrie ein alter Fischer. »Sechs sind heimgekehrt.«

»Hinrich nicht, Hinrich kommt nicht wieder,« gellte die Stimme der irren Stina. Und ein Licht fuhr winkend hin und her.

»Schickt sie ins Haus!«, brüllte der alte Fischer. »Was ist jetzt schon zu heulen? Bis zum Morgen hält das Eis noch fest; sie können weiter oben, bei Tawe, einfahren, wenn es hier reißt. Der Wind treibt die Schollen dort hinauf.«

»Hinrich kommt nicht mehr,« wimmerte sie. »Jan hat ihn geholt.« Und sie winkte mit der Laterne.

Klaus trat zu ihnen. Alle horchten in das Stampfen und Heulen hinaus, als müßten sie von ferneher das Klappern der Hufe und das Knirschen der Schlittenkufen vernehmen. Ihre Blicke bohrten sich in die dicke, regendurchpeitschte Finsternis, in welche die Lichter stumpfe Löcher schlugen.

Zwei junge Fischer stapften herzu. »Wer ist noch nicht da?«, fragten sie den Alten.

»Lepehne mit seinem Jungen, Bonell mit dem Knecht, Radzuweit die Brüder, und Jeschkeit, der Alte mit dem Einäugigen.«

»Wir haben keinen von ihnen gesehen,« sagten sie dumpf, »weder draußen noch jetzt auf der Heimfahrt. Es brach vor uns auf, plötzlich; wir hatten kaum Zeit, die Netze auf den Schlitten zu werfen und das Pferd zu wenden.«

»Der Wind stößt nach Tawe hinauf,« wiederholte der Alte. »Bald wird es auch hier brechen.«

Die Frauen standen um die irre Stina herum. Sie hatten die Röcke über den Kopf geschlagen und gingen gebückt gegen den Wind. Stina wimmerte und kreischte; grell fiel das Licht auf ihre rote Jacke, die schwarzen Haarsträhnen hingen ihr naß und wirr ins Gesicht.

Sie erblickte Klaus, starrte ihn an und sagte höhnisch: »Heute Nacht bist du nicht mit ihnen!«

»Nein,« erwiderte er, trat auf sie zu, packte sie am Arm und führte sie vom Damm herunter in die Hütte. Gehorsam wie ein Kind ging sie neben ihm und stöhnte leise.

Am halberloschenen Herdfeuer wandte sie sich plötzlich um, bog sich gegen Klaus und flüsterte, den Finger auf den Lippen: »Das war eine andere, mit der du heute draußen übers Haff fuhrst? Ist die Frau im Schlosse drüben tot?«

Klaus drehte ihr den Rücken zu und ging zur Türe hinaus, die er laut hinter sich ins Schloß zog.

Knallend spaltete sich das Eis. Lange, gerade Rinnen taten sich auf, die Ränder barsten auseinander und schoben sich wieder knirschend zusammen. Sprudelnd und klatschend spritzte Wasser empor. Eine große Scholle brach längs dem Damme los und glitt langsam hinaus. Hochauf leckten dunkle Wellen, rollten bis auf die Höhe des Walls, wo die Fischer standen, und zerflossen schäumend über die Steine und den Sand. Und dann trieben die Eisschollen schwankend vom Ufer weg, schlugen sich aneinander und türmten sich auf, glitten wieder zurück und zersplitterten. Breiter und breiter wurde der Wasserstreifen längs dem Damm; die Wogen stürzten sich über die Schollen wie Jagdhunde auf das gehetzte Wild. Alle Frauen huben an zu jammern, als sie die dunkle Flut zwischen dem Eis und dem Lande wachsen sahen. Der alte Fischer aber sagte gelassen:

»Auch die draußen wissen, wohin der Wind treibt. Sie fahren nach Tawe hinauf.« Und er schickte die Männer dem Damm entlang mit Stangen und Haken, zu sehen und zu wehren, damit nirgends die Schollen von der Flut angeworfen würden und den Wall zertrümmerten. Die Lichter schwankten durch die Dunkelheit davon. –

Um die Mauern von Kampken herum lag das Haff schon frei; das Wasser und der Wind hatten das Eis weit hinaus und gegen die Waldbucht hin getrieben. Das Ruderboot zerrte an seiner Kette und sprang unruhig auf und nieder. Klaus stand einen Augenblick vor ihm still, dann schritt er weiter und trat ins Haus hinein.

Im Flur horchte er auf. Eine Stimme war laut, und durch die Türritze fiel ein dünner Lichtstreifen. Klaus lehnte sich an die Wand und lauschte, aber unwillig trat er wieder weg und ging auf die Wendeltreppe zu. Da hallte die Stimme noch lauter, und Klaus blieb wieder stehen.

»Nein, meine Beste, erlaube, daß ich dir widerspreche. Ich halte es einfach für eine unentschuldbare Ungezogenheit. Ob er sie liebt oder nicht, spricht hier gar nicht mit. Aber unsere Gäste – unsere! meine Liebe – sollen so nicht das Haus verlassen.«

Es blieb eine Weile still, Schritte gingen hin und her. Klaus stand ruhig, mit einem spöttischen Lächeln, auf der dunkeln Treppe.

»Ich weiß, daß du ihn verteidigst und Gründe für sein Verhalten findest –.«

»Gegen wen verteidigen?«, unterbrach Frau Annemarie ruhig.

»Gegen wen! Gegen uns, gegen sie und mich. Ja, ich sage es frei heraus: ich stelle mich auf ihre Seite. Diese Schwächlichkeit ist so lächerlich. Du – du kannst ja nichts dafür, Liebste, ich weiß schon, ja –. Aber der Junge. Sie hätte etwas aus ihm machen können. Sie rüttelt auf, hast du das nicht auch empfunden?«

Wieder wurde es still, die Schritte hielten auch plötzlich inne. Aber keine Antwort erfolgte.

»Man schämt sich geradezu, vor ihr sich Blößen zu geben. Ich habe mich förmlich zusammengenommen, aufgerappelt, – wir trotten doch eigentlich hier draußen unser Leben recht jämmerlich dahin, – entschuldige schon!«

Er versuchte zu lachen und ging wieder auf und ab.

»Und welchen Eindruck hinterläßt ihr nun diese Abreise! Ich fahre morgen nach Königsberg hinein; ich kann das nicht auf mir sitzen lassen. Du verstehst mich, Beste?«

»Ja,« sagte sie ruhig.

Jetzt küßt er sie auf die Stirne!, dachte Klaus, sprang in drei Sätzen die letzten Stufen empor und schritt an den hohen Truhen vorbei in sein Zimmer. Dort begann er zu lachen, höhnisch und ungezügelt, warf den Oberkörper nach vorne und zurück, lachte und schüttelte den Kopf, stieß das Fenster auf und schlug lachend aufs Bett hin. Der Wind brüllte heulend herein. Er übertönte das krampfige Schluchzen, das den müden, aufgepeitschten Körper in den weißen Linnen durchschütterte, und verwehte den wieder und wieder gestöhnten Namen: »Annemarie, Annemarie –.«

Der Sturm war die ganze Nacht am Werk und pflügte das Haff um wie einen brachen Acker. Am Morgen legte er sich. Ein grauer Tag stieg widerwillig empor, und die Wolken schleppten sich tief wie zerrissene Gewänder über den gebrochenen Bäumen des Forstes und den treibenden Eisschollen dahin. Die Luft war lau; braune Erde stieß aus der fleckigen Schneekruste hervor. Die Birken am Weg schimmerten über getauten, zitternden Wasserlachen.

Gegen Mittag fuhr Christian von Dohm nach dem Bahnhof. »Vielleicht reise ich schon mit dem Abendzuge zurück,« sagte er, als er von Frau Annemarie Abschied nahm. Klaus kam erst zum Essen von seinem Giebelzimmer herunter.

Schweigend saßen sich die Beiden gegenüber. Nach Tisch zündete sich Klaus eine Zigarrette an, folgte Frau Annemarie in ihr Zimmer und stand gleichgültig herum, strich mit der flachen Hand über den schwarzglänzenden Flügel, sah flüchtig in die Notenblätter, die auf dem Ständer aufgeschlagen waren, und wunderte sich, daß sie hier standen, bis er sich erinnerte, wer zuletzt gespielt hatte. Da nahm er sie weg und schob sie unter andere Hefte.

Im Flur rief eine Stimme. Klaus öffnete die Türe. Meister Peslack, der Stellmacher, schlüpfte aus seinen Holzschlurren und trat näher.

»Also die von Agilla sind nicht alle ans Land gekommen, junger Herr,« sagte er.

»Nicht?«, fragte Klaus gleichgültig.

»Jeschkeit und Lepehne sind draußen geblieben, vier Stück.«

Frau Annemarie trat hinzu. »Der Einäugige auch? die arme Stina.«

Klaus sah sie verwundert rasch von der Seite an.

»Ja, gnädige Frau, die schreit auf dem Damme draußen, daß man sie fast hier hören kann,« sprach der Stellmacher und verzog sein stoppliges Gesicht. »Junger Herr, ich wollt fragen: soll ich das Boot ganz ans Land ziehen? Der Sturm könnte es losreißen, das nächstemal.«

Klaus sagte rasch: »Es ist ja kein Sturm mehr.«

»Wer kann es wissen, heute Abend? Das ist so in dieser Jahreszeit: plötzlich, ohne daß man etwas ahnt.«

Klaus zog unruhig die Hände aus den Taschen und schüttelte den Kopf. »Hat es das Eis ausgehalten, so wird es auch die paar Wellen ertragen. Laß es liegen.«

»Nur daß der junge Herr dann nicht sagt, ich sei schuld, wenn es mal kieloben treibt, an einem Morgen.«

»Dummheiten,« sagte Klaus und wandte sich rasch weg. Der Stellmacher schlurte davon.

Frau Annemarie setzte sich in den Sessel ans Fenster und sagte nach einer Weile leise: »Jetzt sind wir wieder ganz allein.«

Klaus blickte zu ihr hinüber. »Es ist doch nicht mehr so wie einst.«

Sie lächelte. »Und es wird noch ganz anders werden, bald.«

Er zog langsam die Unterlippe zwischen seine Zähne und ließ die Augen nicht von dem schwach vorgebeugten Kopf, der sich scharf von der Helle des Fensters abhob, mit dem losen Haarknoten über dem schmalen Nacken.

»Du hast ja auch im Sinne, wegzugehen,« fuhr sie lächelnd fort. »Dann bleibe ich allein zurück im stillen Haus.«

»Wie weißt du, daß ich daran dächte –?«

Sie wandte ihm ihr Antlitz zu. »Der Winter ist mit diesem Sturme vorbei, – und auch in dir ist Ruhe geworden.«

Er sah sie still und groß an.

»Nicht?«, sagte sie und trat auf ihn zu. »Nicht, mein großer Junge?«

Er schüttelte leise den Kopf. Und als sie ihre Hände auf seine Schultern legte, flüsterte er tonlos: »Ich bin nur müde.«

Da ging sie zum Flügel und begann zu spielen. Der Tag versank leise, ohne daß sie es sahen. Die Schatten schritten herein, und sie hörten sie nicht. Frau Annemarie spielte, und wenn ihre Finger ruhten, klang die Dämmerung im dunkelnden Zimmer, klang das alte Haus und die Stille des weiten Landes wie tiefe Glocken.

Als sich Frau Annemarie erhob, sagte Klaus in die schwingende Stille hinein: »Ich bin zu Hause.« Die kranke Frau aber hörte das Wort mit leiser Freude. Und ruhig rollten die fessellosen Wogen des Haffs an die dicken Mauern heran und pochten und pochten. –

Timm, der zum Abendzug gefahren war, kam zurück und meldete: »Der gnädige Herr war nicht da.«

Klaus beobachtete Frau Annemarie; diese aber sagte ruhig: »Danke. Guten Abend, Timm. – Gehen wir zu Tisch.«

Sie sprachen wenig, standen bald wieder auf und setzten sich beim Kamin nieder. Klaus schob ein Scheit auf die Glut, kniete auf den dicken Pelz und blies in die schwache Flamme; knisternd prasselte sie empor. Klaus bog seinen Kopf zurück und streifte dabei Frau Annemaries Knie.

Jäh wie die auflodernde Flamme warf er sich herum, vergrub sein Antlitz in ihren Schoß und umschloß mit seinen starken Armen ihren Leib. Sie lehnte sich in den Sessel zurück, hob schwach ihre Hände und stemmte sie gegen seine zuckenden Schultern. Sie stöhnte leise: »Nicht, nicht –.«

Dann stützte sie sich auf die Armlehnen des Sessels, erhob sich und trat zurück. Sein Körper sank schwer nieder.

Eine Weile blieb es still, Frau Annemarie rührte sich nicht von der Stelle. Klaus richtete langsam sein Gesicht empor und sagte leise: »Verzeih.«

»Mein armer, großer Junge,« flüsterte sie und trat aus dem unruhigen Lichtkreis des Kamins in den Schatten zurück. Ihr Schritt verlor sich auf dem Teppich, und die Türe glitt dumpf ins Schloß.

Als das Scheit in rotweiße Glut auseinanderbrach und die Finsternis näher an den Kamin herankroch, erhob sich Klaus, strich sich die Haare aus der Stirn und schritt aus dem Gemach. Auf dem Flur lauschte er, öffnete dann die schwere Türe und glitt in die Nacht hinaus.

Laue, dumpfe Luft preßte sich an ihn, die Aeste sprühten, von schwachem Winde leise bewegt, kühle Tropfen auf sein Gesicht herab. Er schritt der Mauer entlang zum Strand. Die Wellen brandeten stark, aber ruhig heran. Ihre schaumigen Kämme fuhren leckend über den dunkelfeuchten Sand, wie blitzende Sicheln, und verflossen in versickernden Strähnen.

Das Boot schwankte auf und nieder und riß an der Kette. Klaus löste sie, trat in den Kiel und setzte sich auf die Bank. Er legte die Ruder ein und trieb mit zwei langen Stößen vom Strand weg. Welle auf Welle drängte sich gegen die Bootswand, spritzte manchmal leicht über die Kante und glitt rauschend vorüber. Klaus hielt die Ruder breit nach beiden Seiten, das Boot stand fest.

Dann ruderte er weiter hinaus. Dunkel stiegen die Mauern des Hauses aus dem Wasser empor, ein Fenster war hell und zeichnete einen fahlen, zitternden Schein auf die Wellen. Und am Ende der Allee schimmerte das weiße Mäuerchen; kahle, knorrige Aeste hingen tief darüber herab.

Da zog Klaus die Ruder ein. Langsam drehte sich das Boot, mit jeder Welle mehr. Sie stemmten und schoben, hoben und beugten es wieder. Es lag breit vor ihnen.

Klaus bog den Kopf, streckte ihn weit vor. Wie eine dunkle Wand glitt es lautlos heran, bäumte sich auf und schien zaudernd still zu stehen. Er griff mit beiden Händen um sich, und wie ein Schlag klatschte es ihm ins Antlitz.

Am nächsten Morgen klapperte Peslack, der Stellmacher, die Treppe zum Herrenhaus hinauf, schlüpfte aus den Holzschuhen und trat in den Flur. Dort traf er Frau Annemarie.

»Wen sucht er, Meister?«, fragte sie.

»Ich wollt nur sagen –,« und er lächelte kopfschüttelnd, »mit dem Boot hatte ich doch recht. Kieloben treibt es, nicht hundert Schritt vom Strand.«

Frau Annemarie hob beide Hände jäh zur Brust und trat einen Schritt zurück.

»Und doch war nicht einmal Sturm,« fuhr der Stellmacher gleichgültig fort. »Starke Wellen, aber fast kein Wind.«

Frau Annemarie schritt rasch die Wendeltreppe hinauf, an den hohen, dunkeln Schränken vorbei zur Türe des Giebelzimmers. Wie vom Schwindel ergriffen, lehnte sie sich eine kleine Weile lang ans Gebälk, klopfte dann laut an, lauschte, stieß die Türe langsam auf und trat ins leere Zimmer.

Ende.

 tredition®

Über tredition

Eigenes Buch veröffentlichen

tredition wurde 2006 in Hamburg gegründet und hat seither mehrere tausend Buchtitel veröffentlicht. Autoren veröffentlichen in wenigen leichten Schritten gedruckte Bücher, e-Books und audio-Books. tredition hat das Ziel, die beste und fairste Veröffentlichungsmöglichkeit für Autoren zu bieten.

tredition wurde mit der Erkenntnis gegründet, dass nur etwa jedes 200. bei Verlagen eingereichte Manuskript veröffentlicht wird. Dabei hat jedes Buch seinen Markt, also seine Leser. tredition sorgt dafür, dass für jedes Buch die Leserschaft auch erreicht wird.

Im einzigartigen Literatur-Netzwerk von tredition bieten zahlreiche Literatur-Partner (das sind Lektoren, Übersetzer, Hörbuchsprecher und Illustratoren) ihre Dienstleistung an, um Manuskripte zu verbessern oder die Vielfalt zu erhöhen. Autoren vereinbaren direkt mit den Literatur-Partnern die Konditionen ihrer Zusammenarbeit und partizipieren gemeinsam am Erfolg des Buches.

Das gesamte Verlagsprogramm von tredition ist bei allen stationären Buchhandlungen und Online-Buchhändlern wie z. B. Amazon erhältlich. e-Books stehen bei den führenden Online-Portalen (z. B. iBookstore von Apple oder Kindle von Amazon) zum Verkauf.

Einfach leicht ein Buch veröffentlichen: **www.tredition.de**

Eigene Buchreihe oder eigenen Verlag gründen

Seit 2009 bietet tredition sein Verlagskonzept auch als sogenanntes "White-Label" an. Das bedeutet, dass andere Unternehmen, Institutionen und Personen risikofrei und unkompliziert selbst zum Herausgeber von Büchern und Buchreihen unter eigener Marke werden können. tredition übernimmt dabei das komplette Herstellungs- und Distributionsrisiko.

Zahlreiche Zeitschriften-, Zeitungs- und Buchverlage, Universitäten, Forschungseinrichtungen u.v.m. nutzen diese Dienstleistung von tredition, um unter eigener Marke ohne Risiko Bücher zu verlegen.

Alle Informationen im Internet: **www.tredition.de/fuer-verlage**

tredition wurde mit mehreren Innovationspreisen ausgezeichnet, u. a. mit dem Webfuture Award und dem Innovationspreis der Buch Digitale.

tredition ist Mitglied im Börsenverein des Deutschen Buchhandels.

Dieses Werk elektronisch lesen

Dieses Werk ist Teil der Gutenberg-DE Edition DVD. Diese enthält das komplette Archiv des Projekt Gutenberg-DE. Die DVD ist im Internet erhältlich auf **http://gutenbergshop.abc.de**

FSC
www.fsc.org
MIX
Papier | Fördert
gute Waldnutzung
FSC® C083411

Zeitfracht Medien GmbH
Ferdinand-Jühlke-Straße 7
99095 Erfurt, Deutschland
produktsicherheit@kolibri360.de